Motto:

Die Vergangenheit ist rum, daran kannst Du nichts mehr ändern. Du kannst nur eventuell aus Deinen Fehlern lernen.

Genieße jetzt, heute und hier und freue Dich auf morgen.

Viel Spaß beim Lesen meines Romans!

Bernd Friedrich

Urlaubsroman

Erst Scheidung, dann Liebe

Titelbild: Peggy Friedrich-Vater

Herstellung und Verlag:
BoD – Books on Demand, Norderstedt

ISBN: 978-3-7597-6725-7

Inhaltsverzeichnis

Mitwirkende Personen:

Otto Loos

Eva, Ottos Exfrau

Der Feuerwehrmann FWM

Elias, der nichtjüdische Jude

Susi, die Urologin

Anna, die Freundin vom FWM

Marco, Ottos Freund

Sara, Ottos Tochter

Günther, Ottos Sohn

Weitere Akteure:

Adolf, der Kater

Mops, der Mops

Die Scheidung

Scheiden tut weh? Lach, hurra, nein, nein, nicht wirklich!!! Von wegen, es tut nicht weh, ist eher eine Erleichterung! Ich fühlte mich leicht wie eine Feder und war sehr glücklich. Auch wenn eine Scheidung in Deutschland sehr teuer ist, mir war es das Geld wert und meiner Ex auch. Wenn man sich nichts mehr zu sagen hat und das Zusammenleben nur noch ein Krampf ist, dann ist wohl ein Ende mit Schrecken besser als ein Schrecken ohne Ende. Und darauf zu warten, dass unsere Kinder vor uns sterben, damit sie nicht mit der Nachricht belastet werden, dass sich ihre Eltern scheiden lassen, ist eine Wette, die mit hoher Wahrscheinlichkeit in die Hose geht. Außerdem: Welche Eltern wollen schon, dass ihre Kinder vor ihnen sterben? Unsere Tochter Sara hat sogar unsere Scheidung befürwortet, sie hat unser unglückliches Zusammensein gefühlt, auch wenn meine Ex Eva und ich uns nie vor den Kindern intensiv gestritten haben, mit Geschirrwurf und im Selbstzerstörungs-modus des gemeinsamen Mobiliars etc.

Unsere Gemeinsamkeit bestand jedoch nur noch darin, dass wir den Schein wahren wollten, den Schein einer funktionierenden, liebevollen Ehe, damit die Kinder nicht belastet werden und damit die Nachbarn oder Freunde sich nicht die Mäuler zerfetzen. Lediglich unser Sohn Günther hätte es gerne, wenn Eva und ich noch glückliche Mama und Papa vorspielen würden, aber auf Theater haben wir keinen Bock mehr. Außerdem: Unsere Kinder sind inzwischen über 20 und damit alt genug zu heiraten und sich dann wieder scheiden zu lassen, insofern sie Lust dazu haben. Das ist laut Statistik der normale Ablauf jeder dritten Ehe. Heiraten und Scheiden sind normal, also sind wir keine Ausnahme mit unserer Scheidung. Und wenn man bedenkt, dass vermutlich ein weiteres Drittel der Ehepartner ihr Eheleben in einem kriegsähnlichen Zustand miteinander verbringen, nur darauf wartend, dass der Partner sich überraschend auf die andere Seite verabschiedet, ist eine Scheidung die bessere Alternative. Also Leute: Lasst euch scheiden, es tut nicht weh und macht glücklich! Euer Partner wird wohl nicht die Pilze essen, die ihr exklusiv für ihn sammeln würdet!

Bleibt also noch das letzte Drittel der Eheleute. Wieso es bei denen auch über einen längeren Zeitraum mit dem Zusammenleben klappt, werden sie wohl noch erforschen! Vielleicht fehlt ihnen ja ein Gen, das Freiheitsdrang-Gen? Aber das ist auch egal, mein Leben ist jetzt *mein Leben* und das, was rum ist….ist rum. Jetzt gilt die Parole: Augen auf und nach vorne schauen. An der Vergangenheit kann man nichts mehr drehen, man kann höchstens eventuell aus seinen Fehlern lernen.

Nach unserer einvernehmlichen Trennung verließen wir das Gericht und Eva stieg in das Auto vom Arschloch, also dieses Kommissars, ihres Lovers, der eigentlich wegen mir im Knast seine Zeit abgesessen hatte, im Glauben, dass er meine Schwiegermutter erschossen hatte. Mir stieg ein Grinsen ins Gesicht, er hatte wohl seine gerechte Strafe verdient und außerdem: Der anständige Schwiegersohn ermordet doch seine Schwiegermutter gegebenenfalls selbst, insofern sie das verdient hat. Meine Ex-Schwiegermutter hatte das jedenfalls verdient, mich plagte keinesfalls das schlechte Gewissen. Auch wenn alles nur ein Zufall war, der Tod meiner Ex-Schwimu bewirkte zunächst einiges Gutes. Eva und ich hatten noch vorübergehend eine schöne Zeit und mein Ex-Schwiva hörte mit dem Saufen auf. Er war ja nun vom Ehejoch befreit und von der Ansage, dass er alles falsch macht. Später fand er sogar eine neue Lebenspartnerin für gemeinsame Unternehmungen. Für mich begann nun nach der Scheidung ein neues Leben, also Episode 2! Ich werde Singleurlaub machen und ich werde es richtig krachen lassen!

Flug in den Singleurlaub

Endlich war ich am Flughafen, die Autofahrt dahin soll ja laut Statistik wesentlich gefährlicher als der eigentliche Flug sein. Aber gegen meine Flugangst nützte die Statistik wenig. Ich wischte das verschwitzte Lenkrad meines Autos und anschließend meinen nassen Nacken mit einem Blatt der Küchenrolle ab, die auf meinem Beifahrersitz lag. Steig ich nun aus dem Auto und setze mein Leben aufs Spiel oder fahre ich doch wieder nach Hause?

In meinem Kopf lief wieder mal der Film „*Mein persönlicher Flugzeugabsturz*", den ich schon so oft in Albträumen erlebt hatte. Wie jedes Mal kam in meinem Kopfkino die Ansage durch die Flugzeuglautsprecher: „*Der Pilot und der Copilot sind leider ausgefallen. Kann einer der Passagiere ein Flugzeug fliegen? Machen Sie sich keine Gedanken, wir haben alles unter Kontrolle!*" Im Flugzeug kam Unruhe auf, viele zückten ihre Handys um letzte Nachrichten abzusetzen. Hier und da hörte man ein Schluchzen und Wimmern. Trotzdem kam keine Panik auf, jedoch meldete sich kein Passagier zum Fliegen des Jets. So viele Piloten wird es wohl auch nicht unter den Fluggästen geben. Nach der nächsten Durchsage: „*Ist denn ein Techniker oder Ingenieur unter den Passagieren, der sich mit Flugzeugen auskennt*", kam wieder keine Resonanz von den Passagieren, aber wenigstens kam keine Unruhe auf. So blieb mir keine Wahl, als technisch gut ausgebildeter Mensch meldete ich mich und saß kurze Zeit später auf dem Pilotensitz. Die Maschine flog ganz ruhig im Autopilotenmodus, aber die unzähligen Schalter, Anzeigen, Displays und Knöpfe verwirrten mich.

Obwohl ich kein begnadeter Autofahrer bin und mein Auto schon einige Blessuren durch meine Unfähigkeit aufweist, hatte ich jetzt die Angst fest im Griff. In schwierigen Situationen wächst man ja oft über sich hinaus!

Ich überlegte, fliege ich vielleicht lieber nach München, Frankfurt oder Berlin zurück, da können mir die Fluglotsen im Tower wenigstens ein paar Tipps zur Steuerung des Flugzeugs auf Deutsch durchfunken? Ich kann zwar Englisch, aber es reicht gerade zur Bestellung eines Bieres oder zu einem einfachen Smalltalk. Aber hier ging es nicht um „One beer please" oder „What's the weather today", sondern ich hatte nun die Verantwortung über das Leben von vielen Menschen übernommen und natürlich wollte ich auch weiterleben.

Gelandet bin ich im Traum nie, wahrscheinlich war das auch gut so, denn vermutlich wären die Trümmer des Flugzeuges auf den Titelseiten aller Zeitungen abgelichtet gewesen. Darüber hätte gestanden:

„Lehrer hat eine Bruchlandung hingelegt - keine Überlebenden."

Im Innenspiegel meines Autos spiegelte sich mein bleiches Antlitz. Ich nahm meine Hand, haute mir ein paar Ohrfeigen und sprach mir Mut zu: *„Jetzt reiß dich zusammen, du Blödmann! Olo sei stark!"*

Wenigstens bekam ich nun Farbe ins Gesicht. Zwei vorbei gehende Kinder zeigten auf mich und sprachen ihre Eltern an. Die fragenden Blicke dieser Selbstmordanwärter, die meine Selbstkasteiung im Vorbeigehen auf dem Parkplatz am Flughafen beobachteten, interessierten mich nicht. Trotzdem zeigte ich ihnen den Stinkefinger, auch wenn das nicht meine Art ist. Die Eltern zogen ihre Kinder fest an sich und beschleunigten ihre Schritte in Richtung Abflughalle. Zu allem Überfluss hielt jetzt ein schwarzer, verlängerter Mercedes neben meinem Auto. Auf dem Mercedes stand:

„Beerdigungsinstitut Ruhe sanft".

War das ein Zeichen? Sollte ich doch wieder nach Hause fahren. Ein Traktor mit der Aufschrift *„Frohe Zukunft"* wäre zwar am Flughafen außergewöhnlich, aber solch ein Gefährt wäre mir tausendmal lieber gewesen. Aber es war nun nicht zu ändern. Allerdings stieg aus dem Auto kein Mann im schwarzen

Anzug, sondern ein Kerl mit Jeanshose und roter Lederjacke. Aus der Tür der Beifahrerseite stieg eine erhebliche jüngere, massiv tätowierte Frau mit einem extrem kurzen Röckchen. Sie waren offensichtlich nicht im Dienst. Vermutlich wollten sie auch verreisen.

Todesmutig stieg ich aus dem Auto und begab mich auf den letzten Weg meines Lebens. Wenigstens sterbe ich alleine, ohne Frau und Kinder, andere Männer setzen ja offensichtlich das Leben ihrer ganzen Familie aufs Spiel. In der Abflughalle standen meine Mitreisenden am Check-in-Schalter schön in Reih und Glied und einige lächelten oder lachten sogar. Über diese Menschen hatte ich noch eben die Verantwortung übernehmen wollen, ihre Leben vor dem Unvermeidlichen bewahren, aber keiner von ihnen konnte das ahnen. Undankbar schenkten sie mir keine Beachtung. Mit starrem Blick stellte ich mich am Ende der Reihe an. Die Formalitäten und Kontrollen waren schnell erledigt und nun zog ich in der Wartehalle meine Kreise. Ich konnte nicht wie andere Passagiere einfach dasitzen und ein Buch lesen, dazu war ich viel zu aufgeregt. Immer und immer wieder schaute ich aus den Fenstern auf die Start- und Landebahn.

Wenigstens stand unser Flugzeug schon bereit, wurde aufgetankt und beladen. Die Reifen der Maschine sahen ziemlich neu aus und auch sonst erweckte die Maschine keinen schlechten Eindruck. Anders als in meinen Träumen sah ich von hängenden Flügeln und zerbeulten Triebwerken keine Spur. Endlich, die Crew war zu sehen, die lächelten sogar beim Betreten des Flugzeuges, es war keinerlei Angst in ihren Gesichtern zu erkennen. Der Pilot war ein großer, stattlicher Mann und mindestens 50 Jahre alt. Das beruhigte mich etwas, wenn der schon 50 ist und noch lebt, ist er vermutlich noch nie abgestürzt, auch wenn er wahrscheinlich fast jeden Tag mit seinem Flieger unterwegs war. Dieser Gedanke wirkte belebend auf mich und ich merkte, wie sich mein schneller Puls langsam normalisierte. Das Boarding klappte ziemlich schnell und als ich meinen Platz einnahm, stellte ich fest, dass die junge, bunte Frau vom Beerdigungsinstitut direkt neben mir saß. Sie duftete gut und ich versuchte nicht, ihre gebräunten Beine unter dem kurzen Röckchen anzustarren, aber es fiel mir sehr schwer. Außerdem war ein Tattoo auf ihrem linken Bein mit einem Herz und der

Inschrift „Please open in Love". Irgendwann unterlag ich der Versuchung und schaute immer wieder heimlich nach unten auf ihre Beine mit dem Tattoo. „Please open in love". Was sie wohl damit meint? Reklame für das Beerdigungsinstitut ist das wohl sicher nicht. Obwohl, aus Sicht eines verstorbenen Mannes ist das aus dem Grab sicherlich himmlisch anzuschauen. Scheiße ist nur, dass ein Sarg kein Fenster nach oben hat. Meine Gedanken drehten sich nun um diese Frau und für mein Hirn war das ein willkommenes Futter.

Der Start verlief problemlos und als wir über den Wolken waren, war meine Flugangst erträglich. Nach einem ruhigen Flug landeten wir endlich auf Fuerteventura.

Die Busfahrt und das Einchecken im Hotel waren unspektakulär, ich war ja schon ein paar Mal hier und kenne die Gegend. Noch wusste ich nichts von den verrückten Erlebnissen, die ich in diesem Urlaub erleben würde.

Der Feuerwehrmann

Wir saßen auf der Terrasse des Hotels mit einem traumhaften Blick auf das Meer. Die untergehende Abendsonne spiegelte sich auf dem Wasser. Dieser Mann, den ich eben erst während des Abendessens kennen gelernt hatte, war außerordentlich interessant und redselig. Trotzdem nervte er nicht, im Gegenteil, ich blickte gespannt auf seinen Mund und sog seine Worte auf, wie ein Sensationsreporter, der zum ersten Mal einen Außerirdischen interviewen durfte. Offensichtlich war er aus dem Süden Deutschlands. Ein Bayer, woher er genau war, verriet er mir nicht, aber sein Dialekt erinnerte mich an die „Ausburger Puppenkiste". Er nippte an seinem Glas Rotwein und fing wieder an zu reden:

„Also, wo waren wir stehen geblieben? Ach…Ja, ich habe diese Frau im Internetchat kennengelernt. Ich war schon ein halbes Jahr dort angemeldet, hatte viele Profile von Frauen gelesen und mich mit vielen geschrieben. Man gibt sich dort einen fiktiven Namen. Viele Frauen mögen sich Mäuschen, Kätzchen oder Ähnliches nennen, also verkleinern

*sie sich schon von vornherein. Die waren für mich nie besonders interessant, denn ich mag starke Frauen. Aber **diese Frau** begeisterte mich, sie war komplett anders, sie nannte sich **Lore Ley** und im Profiltext stand „unbumsbar!"*

Ich musste lachen, aber er störte sich nicht daran und erzählte weiter: *„Unbumsbar" hört sich interessant an, denn das bedeutet, dass die Trauben ziemlich hoch hängen und ich empfand das als eine besondere Herausforderung für mich! Nicht, dass ich sie gleich bumsen wollte, dafür bin ich viel zu wählerisch, jedoch wollte ich sie kennen lernen, sie schien etwas Außergewöhnliches zu sein! Zumindest wollte ich mit ihr schreiben, denn auch ein Gedankenaustausch kann interessant sein. Aber das war nicht so einfach. Ich habe ihr in diesem Chat eine Nachricht gesendet und bekam keine Antwort. Ich gab aber nicht auf und versuchte mehrfach Kontakt mit ihr aufzunehmen, jedoch ohne eine Reaktion von ihr zu bekommen. Aber eines nachts, als ich wieder am Laptop saß, machte es „Bing" und am Bildschirm erschien der Text: „Sie haben eine neue Nachricht von Lore Ley"! Wegen meiner vielen erfolglosen Kontaktaufnahmeversuche war ich nun sehr gespannt und klickte auf „Öffnen".*

Sie schrieb mir, dass sie jetzt Zeit für einen Chat hätte. Und damit begann alles. Ich funkte sie an und wir tauschten uns aus. Sie schrieb mir, dass sie verheiratet sei, aber sie wäre ziemlich unglücklich! Sie könne ihren Mann nicht mehr ertragen, er würde sie bevormunden, wüsste alles besser. Er würde sie klein machen, sie zweifle schon manchmal an sich selbst. Seinen Geruch könne sie nicht mehr ertragen und aus dem gemeinsamen Schlafzimmer sei sie schon lange ausgezogen. Der Sex mit ihm wäre immer langweiliger geworden, bevor sie richtig feucht geworden wäre, war er gewöhnlich fertig, dann hätte er sich rumgedreht und angefangen zu schnarchen. Dass sie dann schlaflos war, interessierte ihn nicht. Seine gelegentlichen abendlichen Übergriffe unter ihre Bettdecke sind ihr dann zuwider geworden und deshalb hat sie sich ein Bett in einem Zimmer mit möglichst großer Entfernung zu seinem Schlafzimmer aufgestellt. Letztlich beschränkte sich ihre Beziehung auf eine Art WG, natürlich ohne gemeinsamen Sex. Jedenfalls schien nach ihren Worten ihre Ehe ziemlich zerrüttet. Er habe sie oft als „unbumsbare Ziege" oder „dumme Geiß" bezeichnet."

Der Redefluss meines Urlaubsbekannten nahm kein Ende. Er erzählte mir von seiner Chatfreundin und Intimitäten mit einer Selbstverständlichkeit, als sei es das Normalste der Welt. Ich bewunderte ihn, da er keine

Hemmungen hatte und ziemlich frei bei seinen Ausführungen war. Aber er war nicht nervig, ich fand es eher kurzweilig und interessant. Ich kannte nicht einmal seinen Namen. Wir hatten schon nach meiner Ankunft im Hotel einen Smalltalk geführt und da ich und er Alleinreisende waren, passte es, man konnte sich gut mit ihm unterhalten.

Er war groß und schlank, vermutlich zwischen 40 und 55 Jahre alt. Man konnte sein Alter nicht genau einschätzen. Irgendwie war das ein zeitloser Typ mit toller Figur, er war modern gekleidet mit Jeanshose und einem weißen T-Shirt mit der Aufschrift: *„No Job, no Phone, no Address."*

Vermutlich stehen viele Frauen auf ihn, dachte ich. Wenn ich schwul wäre, ich denke, ich würde ihn vernaschen.

Ich fragte ihn: *„Wie heißt Du eigentlich?"*

Es war schon verrückt, er hatte mir Vieles erzählt, obwohl ich nicht einmal seinen Namen kannte. Er antwortete: *„Sind denn Namen wichtig? Wenn man den falschen Namen hat, dann ist man doch schon in einer Schublade drin, und das möchte ich nicht sein!"*

Ich war erst einmal sprachlos, mit dieser Antwort hatte ich nicht gerechnet, aber ich fragte ihn:

„Wie soll ich dich denn dann anreden?"

Er antwortete:

„Sage einfach…Du….oder Hey Du oder Feuerwehrmann zu mir! Natürlich geht auch die Anrede FWM."

„Feuerwehrmann? Bist Du ein Feuerwehrmann?" Ja, er hatte einen feuerroten Kopf. Mir schoss es durch den Kopf……ist man denn ein Feuerwehrmann, wenn man einen roten Kopf hat? Eigentlich hat das ja mit dem Beruf nichts zu tun. Vermutlich hatte er nur zu viel Rotwein getrunken, durch Alkoholgenuss bekommen manche Menschen einen roten Kopf. Er nickte und antwortete: *„Ja, ich bin professioneller Feuerwehrmann und viele Leute reden mich mit Feuerwehrmann an, sogar meine Freunde!"* Ich dachte darüber nach. Irgendwie hatte der Mann ja recht, wir ziehen mit Namen Querverbindungen zu Leuten, die wir kennen. Der Feuerwehrmann schaute mich mit seinen tiefblauen Augen an und sagte:

„Hast du Probleme damit, ich meine, Probleme mit meinem nicht bekannten Namen?"

Ich antwortete: *„Nein, du bist zwar irgendwie ein schräger Typ, aber ich mag dich! Ich heiße übrigens Otto Loos, aber meine Freunde sagen Olo zu mir."*

Er grinste mich an, aber seinen wirklichen Namen verriet er mir trotzdem nicht.

„Hast du auch schon Menschen aus brennenden Häusern gerettet?"

Der FWM nickte mir bejahend zu:

„Natürlich, das ist mein Job! Du kennst doch das runde Zeichen der Feuerwehr, das Feuerwehr-Signet, es steht auf den Fahrzeugen und es steht für die vier Grundtätigkeiten der Feuerwehr - Retten – Löschen – Bergen – Schützen-."

Wir nickten uns zu, erhoben unsere Weingläser und stießen an, redeten noch ein bisschen über die Themen Namen und Kleider. So schnell wie die Gläser gefüllt waren, haben wir sie geleert und tranken immer wieder auf einen schönen, erlebnisreichen Urlaub. Und das wurde er dann auch, dank ihm.

Denn die Geschichte seines Lebens war wie im Film, eine verrückte Liebesgeschichte, prallvoll mit Erotik, aber auch ein Krimi. Ich war gespannt!

Geheime Liebesgeschichte

Am nächsten Morgen hielt ich im Speisesaal unseres Hotels Ausschau nach dem Feuerwehrmann, aber er war weder im Saal noch auf der zugehörigen Terrasse zu sehen. An den besetzten Tischen saßen ausschließlich Paare, manche auch mit Kindern, jedoch sah ich keine allein speisende Person.

Ich nahm mir einen Teller und bediente mich reichlich am Frühstücksbuffet. Mit vollem Teller suchte ich mir einen freien Tisch auf der Terrasse mit Blick auf das Meer. Dieser runde Tisch war für 4 Personen eingedeckt, also mehr als reichlich für einen Single. Ich ließ mich in den zugehörigen bequemen Korbsessel plumpsen. Das entstehende Geräusch rief sofort eine Mitarbeiterin des Hotels auf den Plan: *„Do you like Coffee or Tea?"*

Ich nickte: *„Yes, please one Coffee!"*

Sie schenkte mir Kaffee ein und stellte die Thermo-Kaffeekanne auf meinen Tisch. Mein *„Danke"* hatte sie wohl schon nicht mehr gehört, denn sie war sehr flott und schon wieder auf dem Weg zum nächsten Tisch.

Ich freute mich darüber, dass ich „all inclusive"

gebucht hatte. Man muss sich keine Gedanken um Preise oder Trinkgelder machen und das ist total entspannend. Es geht lediglich um die Befriedigung der eigenen Bedürfnisse. Mein Essbedürfnis war leider ziemlich schnell gestillt, obwohl ich mich bemühte langsam zu essen.

Eine Katze lief von Tisch zu Tisch, in der Hoffnung, einen Bissen abzubekommen.
Allerdings hingen überall im Speisebereich Hinweise, dass Katzen aus hygienischen Gründen hier nicht gefüttert werden sollen, dazu gäbe es einen speziellen Katzenbereich. Und zumindest heute und jetzt hielten sich die Leute daran, auch wenn so mancher Tierliebhaber die Streuner streichelte.
Jetzt dachte ich an unseren kastrierten Kater Adolf, nachdem wir ihn aus einem Wurf von einem Bauernhof geholt hatten, hatte er unbewusst „all inclusive" gebucht und das einschließlich medizinischer Versorgung und einer angemessenen Rente im Alter in Form von Fressen, Saufen und Leckerlies! Seinen außergewöhnlichen Namen hatte er schon vom Bauern bekommen, weil er als schwarz-weißer Kater immer seinen schwarzen Bruder vom

Fressnapf verjagte und auf Krieg gebürstet war, eben ein Rassist.

Da sah ich eine hübsche, braunhaarige Frau meines Alters zu einem der Nachbartische schweben. Ich dachte an Bedürfnis Nr. 2, neben Essen und Trinken gibt es ja weitere menschliche Bedürfnisse. Der Schlingel in meiner Hose begann schon fröhlich zu wippen, ich spürte, dass er prinzipiell mit dieser Frau einverstanden wäre. Zu ihm flüsterte ich:

„Du geile Sau, jetzt mach mal langsam, vielleicht ist ja dieser weibliche Engel strotzedoof und bringt kein vernünftiges Wort über seine Lippen?"

Meinem Schlingel war das egal, unbeeindruckt konzentrierte er sich auf seine zweitwichtigste Aufgabe und pumpte sich mit Blut voll! Bevor ich mich weiter in diese Frau hineinträumen konnte, wurde mein Traum jäh zerschlagen, ein muskulöser Mann setzte sich an ihren Tisch. Zweifellos waren sie ein Paar und schon länger zusammen, denn sie schwiegen sich an und sprachen nicht miteinander. Intuitiv erschlaffte mein Schlingel, so konnte ich wenigstens aufstehen und mir noch ein Stück Kuchen zum Nachtisch gönnen. Also war ich wieder bei dem

Grundbedürfnis Nr. 1 angelangt, hoffentlich werde ich nicht fett, so wie unser kastrierter Kater, der sogar inzwischen zu faul geworden war, um an meinem Fuß zu lecken. Aber, das ist auch egal, durch meine Scheidung ist er nun nicht mehr mein Kater, sondern Evas Kater und leider auch der Kater ihres persönlichen Arschlochs, dem schießwütigen Kommissar. Ich musste lächeln, seit seiner Zeit im Knast ist er kein Kommissar mehr, sondern sitzt seine Zeit im Landratsamt, Abteilung Abfallwesen, ab. Da gehört er auch hin, dort soll er sich mal wissenschaftliche Gedanken um Müll, Unrat und Verschmutzung machen.

Nach dem dritten Stück Kuchen fühlte ich mich wie eine Presswurst im Dickdarm und machte mich auf den Weg in mein Hotelzimmer. In der Hotellobby, nahe des Empfangstresens, war ein großer Schaukasten mit den nächsten Terminen für mögliche Aktivitäten wie Boccia, Dart, Wasserball, Wassergymnastik.

Langsam wurde mir klar, dass das *„es krachen lassen"* alleine ziemlich schwierig ist, wir Menschen sind soziale Wesen und brauchen andere Menschen zum Reden und auch zum Kuscheln. Ich dachte an unsere Katze, die ihr Leben lang nur „Miau" gesagt hat, vielleicht mal fröhlich, wenn es Katzenmilch, Leckerlies oder andere Katzenglücklichmacher gab, vielleicht auch mal bettelnd oder auch traurig? Ich habe keine Katzensprachapp auf dem Handy, die das Miauen in für Menschen verständliche Worte übersetzt. Aber vielleicht gibt es die ja bald? Die technische Entwicklung ist in den letzten Jahren rasant vorangeschritten. Und wir sind sicher erst am Anfang der modernen Elektronik und IT-Entwicklung!

Wenn wir Menschen als Katzenpersonal die Türe öffnen sollten, hat Adolf anders miaut als beim Fressglücksmiauen. Zum Tür öffnen war es ein aufforderndes Miauen und wenn man zu langsam war, um die Türe zu öffnen oder den Wunsch der Katze nicht zeitnah erfüllte, kam das vorwurfsvolle Mauzen. Letztlich kommen die Kater und Katzen mit ihren verschiedenen Arten zu miauen ziemlich weit und ihre Wünsche werden im Regelfall vom Herrchen oder Frauchen, aus Sicht der Katze, des Personals, erfüllt. Wollte ich aber deshalb ein Kater sein? Ich   verneinte mir selbst diese Frage, unser Kater ist kastriert und ehrlich gesagt: Für mich brauche ich das nicht!

Außerdem trinken Katzen keinen Alkohol und rauchen nicht und sie fliegen auch nicht nach Fuerteventura. Deshalb sagte ich zu mir selbst: *„Ich bin froh, dass ich keine Katze bin!"*

Oh Scheiße! Ich rede schon mit mir selbst! Ist das der Anfang von Demenz oder Verblödung? Und außerdem: Warum werden diese Tiere allgemein als Katzen bezeichnet? Das ist nicht gendergerecht! Es gibt ja auch den Kater, der hat das Recht nicht als Katze angesprochen zu werden!
Aber, das ist alles Quatsch mit dem Gendern, die Sprache ist historisch so entstanden, wie sie heute ist. Und ich denke, für weibliches Personal ist es absolut keine Erniedrigung, wenn wir sagen: „Die Feuerwehrmänner" oder die „Bäcker" und damit natürlich auch die femininen Personen meinen.

Mein Hirn brauchte Futter, die Gedanken kann man schlecht unterdrücken, auch wenn sie oft ohne tieferen Sinn sind. Es ist manchmal öde, wenn man alleine Reisen unternimmt. Die meisten Leute haben eine Partnerin oder einen Partner dabei und wenn man mal am Tisch mit einem Pärchen zusammensitzt, fühlt man sich unvollständig, es fehlt etwas. Ich bin froh, dass ich ein Mann bin, allein reisende Frauen haben es noch schwerer, denn manche Frauen betrachten die fremde Frau am Tisch als Rivalin, denn sie könnte ja ihrem Partner besser gefallen, und um Konflikte zu vermeiden, sitzt so manches Paar lieber nicht mit einer Singlefrau zusammen.

Mir ging Einiges durch den Kopf, dachte über meine gescheiterte Ehe nach und wünschte mir, meine Frau wäre noch bei mir. Aber, was nützte es? Man soll nicht in der Vergangenheit leben und so beschloss ich nach dem Frühstück erst einmal einen Strandspaziergang zu machen.

Irgendwie brachte ich den Tag rum, es gab ja doch Einiges zu erkunden. Immer wieder hielt ich Ausschau nach dem Feuerwehrmann, aber er war wie vom Boden verschluckt, weder in der Hotelanlage noch am Strand konnte ich ihn entdecken.

Erst nach dem Abendessen traf ich ihn, er saß wieder an der Strandbar und offensichtlich freute er sich genauso wie ich mich darüber, dass wir uns nun endlich über den Weg gelaufen waren. Ich erzählte ihm von meinen

Entdeckungen am Tag, aber er nickte nur, sonderlich schien er nicht davon beeindruckt. Erst nach dem zweiten Glas Rotwein hellte sich sein Gesicht etwas auf, und als ich ihn aufforderte, weiter über seine Liebesgeschichte zu berichten, zog er seine Stirn in Falten und dann sprudelte es aus ihm heraus: *„Ich habe mich vielleicht eine Woche mit dieser Frau, dieser Lore Ley, geschrieben, dann tauschten wir unsere Telefonnummern und E-Mail-Adressen aus und vereinbarten, dass wir uns ja mal treffen könnten. Sie wohnt in einem anderen Stadtteil als ich, also etwa eine gute Stunde Fahrzeit. Weil sie aber ab und zu beruflich in meinem Stadtteil zu tun hatte, schlug sie vor, dass wir uns mal dort auf einen Kaffee treffen könnten, wenn sie wieder dienstlich unterwegs wäre. Im Moment würde es aber nicht gehen, sie hätte viel zu tun.*

Danach war Sendepause, wir hörten zwei Monate nichts voneinander, jedoch war kurz vor dem Sommer ein Artikel über sie und ihre berufliche Tätigkeit in der Zeitung. Sie hat ein Modegeschäft und in dem Artikel wurde über sie und über die Umsatzausfälle wegen „Corona" berichtet. Mein Herz schlug höher als ich ihr Foto entdeckte und ich zückte mein Handy und schrieb ihr: „Ich habe einen Artikel über dich in der Zeitung gelesen und habe ihn aufgesogen."

Kurz darauf bekam ich eine Antwort. Sie schrieb mir, dass sie demnächst wieder dienstlich in meiner Nähe wäre und wir uns treffen könnten.

Alleine die Aussicht, dass ich diese Traumfrau daten würde, ließ mein Herz höherschlagen und ich konnte es kaum erwarten, sie endlich mal live zu sehen.

Dann war es endlich soweit, wir hatten als Treffpunkt ein Café vereinbart. Ich war etwas vor ihr an dem vereinbarten Ort und wartete auf sie. Als ich sie entdeckte und sie auf mich zulief, war ich total begeistert. Wir hatten Bilder ausgetauscht, auf denen fand ich sie sehr erotisch, aber in der Realität war sie eine Sexbombe. Ihr Gang glich für mich dem eines Models auf dem Laufsteg. Sie wippte mit ihrem Körper beim Gehen, ihr Becken war sehr einladend, empfangsfreudig und ihre kleinen Brüste machten sie irgendwie jünger aussehend. Ihre Jeans war hauteng und ihre kurvige Figur ließ mich sprachlos werden. Sie war nicht schlank, wie sagt man? Vollschlank, ich fand sie absolut sexy, ein echt geiles Weib!

Wir redeten über „Gott und die Welt", über Musik und Liebe und sie schüttete ihr Herz aus, sprach über die Beziehung zu ihrem Mann und dass sie nur noch wegen des Kredites für das Haus und wegen des Kindes zusammen wären. Sie hätten eine Art WG, sie, ihr Mann und ihr Kind. In ihrer Beziehung würde nichts mehr laufen. Ich weiß nicht warum, aber ich fragte sie: „Und hast du es schon mal mit Fremdgehen probiert, jeder hat doch ein Anrecht darauf glücklich zu sein."

Sie grinste mich an und sagte: „Nein, bisher wäre ihr das nicht in den Sinn gekommen!"

Ich dachte in dem Moment keinesfalls an meinen Vorteil, sie war wie eine Göttin für mich, unerreichbar, jedenfalls in Bezug auf die Liebe. Ihre Wortwahl zeugte von Bildung, obwohl sie auch ziemlich geerdete Worte fand. So bezeichnete sie ihre Schwiegermutter als „Drecksschwiegermutter", weil sie ihren Sohn permanent in den Himmel heben und sie im Gegenzug als schlechte Mutter und miserable Hausfrau verunglimpfen würde. Außerdem hätte ihre Schwiegermutter zu ihr gesagt, dass ihr Arsch immer fetter werden würde. Jedoch fand ich ihren Arsch göttlich und damit meine ich natürlich nicht ihren Mann!

Ihr Mann hätte die Entscheidungen, die sie bezüglich ihres Kindes getroffen hatte, oft negiert. Wenn sie dem Kind das Fernsehen schauen erlaubte, hat ihr Mann das dem Kind verboten und wenn sie es verboten hatte, hätte er garantiert gesagt: „Ach, lass ihn doch!"

Er wüsste immer alles besser und würde sie klein machen. Nichts könnte sie ihm recht machen und nach seiner Meinung ist Hausarbeit Frauensache. Er würde absolut nichts im Haushalt machen.

Letztlich fühle sie sich ziemlich unterdrückt und als ich sie fragte, warum sie sich das alles gefallen lassen würde, zuckte sie mit den Schultern und sagte, sie wisse das auch nicht......es hat sich eben alles so ergeben. Sie wüsste nicht einmal, warum sie ihn geheiratet habe. Als das gemeinsame Kind unterwegs war, meinte sie, es sollte in einer Familie aufwachsen und sagte -ja-, als er sie vor versammelter Mannschaft fragte, ob sie ihn heiraten wolle.

Heute könne sie seinen Atem nicht mehr ertragen, jedoch sei sie zu einer Trennung wegen des Kindes noch nicht bereit.

Die drei Stunden unseres Gedankenaustausches vergingen wie im Fluge und ich fühlte mich in ihrer Nähe pudelwohl, ich hatte das Gefühl, dass wir uns schon ewig kennen würden.

Sie hatte mir Intimitäten aus ihrem Leben erzählt und ich ihr von mir. Irgendwie hatten wir vom ersten Moment an Vertrauen zueinander.

Als ich die Rechnung kommen ließ, und die Bedienung abkassieren wollte, musste ich sie erst davon überzeugen, dass ich auch ihren Anteil bezahle. Sie sei eine emanzipierte, selbständige Frau und würde ihre Rechnungen selbst bezahlen. Erst als ich ihr sagte, es sei eine Ehre für mich, dass ich *sie kennengelernt habe, steckte sie ihre Geldbörse wieder weg. Wir gingen gemeinsam zum Parkplatz, auf dem unsere Autos standen, und eigentlich wollte ich, dass sie nicht wieder geht. Deshalb war ich etwas traurig, als wir uns verabschiedet haben. Wir drückten uns sehr innig und sie ging mit den Worten: „Lass uns in Kontakt bleiben."*

Sie stieg sehr galant in ihr Auto, nur der Duft ihres Parfüms blieb in meiner Nase zurück. Ihre Abschiedsworte sah ich immer noch als eine Floskel, denn wie oft sagen die Menschen einfach so: „Lass uns in Kontakt bleiben", und dann hört man nie wieder etwas voneinander.
Aber es sollte sich alles ganz anders entwickeln, eine großartige Liebe werden, aber auch eine Riesenkatastrophe!

Jetzt wurde der FWM melancholisch und stierte in sein Glas. Aber er hatte mich mit seiner Liebesgeschichte neugierig gemacht. Wir tranken unseren Wein und nachdem das nächste Glas auf dem Tisch stand, konnte ich es kaum erwarten und fragte ihn:

„Und…. wie ging diese Geschichte weiter?"
Er schaute mir tief in die Augen und fing wieder an zu erzählen:

„Ab dem Zeitpunkt, als wir uns getroffen haben, schrieben wir uns täglich Nachrichten, sie erzählte mir aus ihrem Leben und ich aus meinem. Sie war in ihrer ehelichen Beziehung sehr unglücklich."

Jetzt kramte er einen zerknüllten Zettel aus seiner Jacke und strich ihn auf dem Tisch glatt.

„Hier hab ich das von damals aufgeschrieben, was sie mir schrieb, ich trage das immer bei mir, weil ich es sehr poetisch finde!"

Er setzte seine Brille auf und las mir folgende Zeilen vor:

„Dieser Augenblick, wenn du dein Leben nur als unsinnig empfindest, dein Kopf leer ist und du einfach nur funktionierst wie eine Maschine.

Dieser Augenblick, in dem dein Herz stumpf und kalt wie ein Stein geworden ist und wenn du weder Freude noch Trauer empfinden kannst.

Wenn es dir egal ist, ob du noch weiterleben darfst oder dein Leben vorbei ist und deine Tränen alle sind.

Der Moment, in dem der Kühlschrank dein bester Freund geworden ist und du dich mit Süßigkeiten vollstopfst und dir dein Aussehen egal ist, dir dein Lachen und Lächeln verloren gegangen sind.

Das ist der Augenblick, in dem du merkst, dass du dir dein Leben so nicht vorgestellt hast."

Nun stockte sein Redefluss und ich meinte eine Träne in seinen Augen gesehen zu haben. Aber er fasste sich wieder und erzählte weiter:

„Sie tat mir sehr leid, ihr Leben war aus den Fugen geraten und ich wollte ihr helfen, wusste aber nicht wie.

Unser Kontakt wurde intensiver, wir schrieben uns fast stündlich Nachrichten, tauschten unsere Gefühle und Probleme aus, ich heulte mich bei ihr mit meinen Zeilen aus und sie sich bei mir. Trotzdem waren wir nur sehr gute Freunde, es war keine Liebesbeziehung.

Aber dann kam die Nachricht, die mein Leben verändern würde. Sie schrieb mir: „Wollen wir nicht mal ein Wochenende zusammen verbringen? Ich könnte es organisieren!"

Nun war ich platt, sie war verheiratet, wollte aber trotzdem mit mir zusammen sein. Ich dachte, okay, ich kann sie als Freund besuchen, wir könnten gemeinsam zum Tanzen oder ins Kino gehen......warum nicht? Außerdem freute ich mich auf ihre Nähe, sie war einfach meine Traumfrau.

Also schrieb ich ihr, dass es natürlich möglich wäre und ich mich auf die Zeit mit ihr freue!

In ihrer Re-Mail antwortete sie: „Ich habe ab dem 10.10. für eine Woche mannfrei. Wir könnten in den Bayrischen Wald fahren und uns eine Ferienwohnung nehmen.

Irgendwie war ich schon in sie verknallt, obwohl wir uns bisher erst einmal getroffen haben. Ich dachte an Wandern im Bayrischen Wald, Einkehren, gute Gespräche und getrennte Schlafzimmer. Sie galt ja als „unbumsbar", ich dachte, das steht fest wie das Amen in der Kirche. Ich freute mich auf sie und wollte sie als Freund unbedingt treffen.
Ich dachte dabei keineswegs an Sex!
Also……. auf in den Bayrischen Wald!

Ich schrieb ihr: „Wenn wir nicht so weit fahren müssen, haben wir mehr Zeit für uns!
Deshalb wäre ich für eine nicht so lange Anreise, ansonsten ist es mir egal, Hotel oder auch eine Ferienwohnung wäre möglich. Ich verwöhne dich auch mit Frühstück in der Ferienwohnung, ich finde das gemütlicher, wenn man im Schlafanzug am Frühstückstisch sitzen kann, im Gegensatz dazu sitzt man in voller Montur im Speisesaal eines Hotels.

Was hältst du davon? Es ist aber nur ein Vorschlag!
Wenn du einverstanden bist, kann ich schon etwas
heraussuchen und buchen?
Ich denke, dass die Zeit schneller vergehen wird, als
es uns lieb ist.
Jedenfalls freue ich mich sehr darauf!
Liebe Grüße

Allerdings hatte sie in ihrer nächsten Mail schon
wieder umdisponiert.

Sie schrieb: „Mein lieber Freund,
eigentlich spricht nix dagegen, wenn du am
Donnerstagabend zu mir nach Hause kommst und
das Wochenende bei mir verbringst. Betten habe ich
genug!?? Dann haben wir gar keinen Zwang
irgendwas zu finden und wir können uns in aller
Ruhe überlegen, was wir machen wollen und wohin
wir zum Beispiel einen Ausflug machen. Nur dein
Auto müsstest du an anderer Stelle parken, es macht
keinen guten Eindruck, wenn du genau vor meinem
Haus stehst. Du weißt doch: Die Nachbarn wissen
mehr über dich als du selbst!
Ich würde dich dann am Parkplatz abholen und mit
zu mir nach Hause nehmen.

Vorschlag für Donnerstag:

Wir treffen uns zum Abendessen im Brauhaus und ich nehme dich dann mit zu mir.
Okay?

Liebe Grüße

Als ich das las, lief mir ein heißer Schauer über den Rücken. Wir beide wären alleine in ihrem Haus, keiner wäre da, der uns beobachtet. Ich dachte an ihren Luxuskörper, Erotik, Küsse, Sex, ich begehrte sie sehr, obwohl sie mir unerreichbar schien.
Den Gedanken daran verwarf ich aber ziemlich schnell, denn sie ist eine starke Frau, auch wenn es in ihrer Ehe nicht so gut läuft, sie wird mich nur als Freund haben wollen. Ich fühlte mich als kleines hässliches Entlein neben ihr!
Ihre nächste Mail war aber schon sehr vielversprechender:

Sie schrieb: Mein lieber Freund, ich schicke dir zwei Bilder von mir, die hat ein Fotograf aufgenommen. Vielleicht helfen sie dir die noch verbleibende Zeit zu überbrücken.
Ich denke sehr oft an dich.

Meine Gedanken, als ich dich das erste Mal sah waren: Wow, ist das ein eleganter Mann.

Hoffentlich bin ich nicht zu aufdringlich. Habe ich ihm zu viel von mir erzählt?

Bei der Verabschiedung: Der Mann riecht verdammt gut (ich hatte meine Nase nämlich an deinen Hals gedrückt). Und weiter: Ich könnte ihn noch ein bisschen umarmen und an mich drücken.

Danach: Wehmütiger Abgang.

Du hast dich gut angefühlt. Ja, ich gebe zu, ich fand dich von Anfang an anziehend.

Und ich glaube bemerkt zu haben, dass das auf Gegenseitigkeit beruht.

Allerliebste Grüße an dich
Deine Anna

PS: Ich freue mich darauf dich näher kennenzulernen, Zeit mit dir zu verbringen und deine körperliche Nähe zu spüren.

PPS: Bring nicht zu viele Anziehsachen mit ... du wirst sie nicht brauchen....

Und......das mit dem Treffen im Brauhaus ist nur Zeitverschwendung, wir können gemeinsam was bei mir kochen.

Nun war ich platt und dachte: Meint sie das ernsthaft oder sind das nur Wortspiele?

Nein, das kann sie nicht wirklich wollen, ich war viel zu unsicher, hatte schon längere Zeit keine Frau gehabt und diese Frau lässt mich niemals an sich ran. Oder doch?

Ich traute mich, hatte ja nichts zu verlieren und schrieb ihr: „Liebste Anna, ich freue mich irre auf Dich und würde gerne die Uhr nach vorne drehen. Bald werde ich dich niederknutschen!
Dein FWM.

Ihre Antwort war: „Wow, hast du schon Ideen? Wird es eher erotisch werden?
... bin bereit zum niederknutschen...

Sie sendete mir die Adresse von einem Parkplatz in der Stadt, der ist kostenfrei und ich konnte ohne Zeitbegrenzung parken.
Endlich war es soweit, in der Nacht vor unserem ersten Treffen konnte ich kaum schlafen und am nächsten Tag fuhr ich voller Zweifel, ob ich ihren Vorstellungen gerecht werden könnte, zu ihr.
Bei der Eingabe des vereinbarten Treffpunktes in mein Navi zitterten meine Hände und ich vertippte mich mehrfach bis ich endlich die gewünschte Adresse eingegeben hatte. Meine Gedanken drehten sich im Kreis. Ich dachte, meint sie das im Ernst, was sie mir schrieb, wird es ein erotisches Wochenende oder waren ihre Worte nur Floskeln?

Ich war am vereinbarten Parkplatz angekommen, die Dunkelheit des Abends war der gewünschte Helfer, sie wollte natürlich nicht, dass jemand beobachtete, wenn ich in ihr Auto steigen würde. Ich wartete eine Weile und endlich kam sie in ihrem kleinen Auto angefahren. Als sie mich sah, betätigte sie die Lichthupe und lächelte mir mit ihren roten Lippen zu. Sie hielt direkt neben meinem Auto und wortlos stieg ich in ihren Wagen. Ich warf meine Tasche auf die Rückbank ihres Autos und setzte mich neben sie. Mir war klar, jede Umarmung war jetzt tabu, niemand sollte sie mit einem fremden Mann in Umarmung sehen. Sie hatte ein Kleid mit großem Blumenmuster an und ihre wunderschönen langen Beine führten mich in Versuchung sie zu berühren. Ich wollte ein Gespräch beginnen, jedoch fielen mir nicht die passenden Worte ein, denn ich war ziemlich aufgeregt. So saßen wir einfach nebeneinander und schwiegen. Rasant fuhr sie die serpentinenförmige Straße nach oben, sie wohnt in einem Stadtviertel auf dem Berg mit vielen eleganten Einfamilienhäusern und Villen. Sie hielt auf dem Parkplatz neben ihrem Haus. Nachdem sie die Fernbedienung für das Tor betätigt hatte, fuhren wir in die Garage.

Wir stiegen aus ihrem Wagen und gingen durch eine Blechtüre in das angrenzende Haus. Nun standen wir uns im Flur gegenüber und umarmten uns sehr innig. Ihr Duft machte mich irre und als sie mich fragte:

„Möchtest Du einen Kaffee oder etwas anderes?", fing ich an zu stammeln:

„Ja, vielleicht Kaffee, Kaffee……oder Tee, ja bitte, es ist mir egal!"

Wir setzten uns in ihrer Wohnküche einander gegenüber an einen großen Tisch und schauten uns tief in die Augen. Sie zeigte mir Bilder von ihrem Kind, erzählte von ihm und vom Haus und der Wohnungseinrichtung. Egal was sie sagte, jedes Wort aus ihrem Mund beeindruckte mich. Ich war voll in ihrem Bann. Nachdem wir den Kaffee ausgetrunken hatten, sagte sie:

„Möchtest du das Haus sehen, wollen wir mal eine Begehung machen?"

Selbstverständlich sagte ich „ja", und wir kamen aber nicht weit. Als wir im Flur standen, fielen wir uns in die Arme und küssten uns so innig, als ob ich nun nach 10 Jahren Kriegsgefangenschaft wieder nach Hause gekommen wäre.

Sie duftete extrem gut und dann sagte sie:

„Wollen wir nach oben gehen?"

Mir war klar, oben ist ihr Schlafzimmer und ich bejahte ihre Frage in einer Art Trance.

Oben angekommen rissen wir uns gegenseitig die Klamotten vom Leib. Vorspiel war nicht notwendig, wir waren beide sehr liebeshungrig. Schon ihre heißen, feuchten Küsse ließen meinen Schwanz steinhart werden und als ich ihren BH geöffnet hatte, zog sie ihn aus und warf ihn ins Schlafzimmer. Ihr Busen war wunderschön und ihre Nippel standen nach vorne wie im Märchenbuch für unbefriedigte Männer. Ich stellte mich hinter sie und küsste ihren Nacken, dabei rutschte meine Hand in ihren Slip und ich wurde von ihrer feuchten Muschi freudig begrüßt. Dadurch bestärkt zog ich ihr langsam den Slip herunter, ihr wunderbarer Arsch war rund und knackig. Sie machte kreisende Bewegungen mit ihrer Hüfte und ich rieb meinen steifen Schwanz an ihrem königlichen Hintern. Alle Bedenken, dass er nicht so funktionieren würde, wie von der Natur aus vorgesehen, waren umsonst gewesen. Sie legte sich rücklings auf ihr Bett und flüsterte:

„Komm endlich zu mir!"

Tief drang ich in sie ein und wir liebten uns innig. Ich versuchte, den Höhepunkt hinauszuzögern, aber es gelang mir nur kurz. Als ich deshalb eine Bewegungspause einlegte, hauchte sie:

„Mach weiter!"

Nachdem ich das erste Mal gekommen war, blieb mein bestes Stück trotzdem hart.

Wir wechselten von der Missionarsstellung in die Reiterstellung während sich mein Schwert in ihrer Scheide befand ohne jegliche Unterbrechung. Sie saß nun auf mir und die rhythmische Bewegung ihres Traumkörpers bewirkten ein Feuerwerk der Gefühle. Während wir gemeinsam kamen, fühlte ich mich wie eine männliche Fliege auf einem Weibchen. Wenn das Haus eingestürzt wäre oder ein Schnellzug durch das Schlafzimmer gerast wäre, wir hätten unser Liebesspiel nicht unterbrochen. Wir waren beide unfähig aufzuhören, es war viel zu schön! Nach einer Pause voller Küsse und Liebkosungen lagen wir nun nebeneinander und streichelten uns. Irgendwie hatte ich das Gefühl, ich bin in einem Märchenwald angekommen, und die gute Fee mit ihrer samtigen, weichen Haut hat sich als einzige Aufgabe gestellt, mir meine innigsten Wünsche zu erfüllen. So heiße Stunden wie mit ihr hatte ich noch nie in meinem Leben, es war einfach traumhaft.

Adolf und der Bauer

Der Feuerwehrmann hatte mit seiner sonoren Stimme sein Liebesspiel so bildhaft geschildert, dass sich in meiner Hose etwas getan hatte. Augsburger Puppenkiste mit Happy End!

Ich schluckte……. und nach einer Pause stießen wir mit unseren Gläsern an.

„Auf das Leben und die Liebe!"
sagte ich und er nickt nur.

Dann fragte er:

„Und wie ist es bei dir mit der Liebe?"

Ich antwortete:
„Nun ja….. bei mir ist es mäßig. Es ist eine tragisch-komische Geschichte mit meiner letzten großen Liebe!"

Nun sagte er:
„Dann erzähle du doch mal, hast mich jetzt neugierig gemacht!"

Normalerweise rede ich nicht über mein Liebesleben, jedoch, da mir der Feuerwehrmann auch so viel über sich und seine Liebe erzählt hatte, fühlte ich mich nun auch an der Reihe, die Hose runterzulassen, und begann zu erzählen.

„Ich war fast 25 Jahre verheiratet, habe zwei Kinder, aber die sind inzwischen schon erwachsen und selbständig. Wir hatten schöne und auch schlechte Zeiten miteinander. Es war nicht wie bei dir, nicht die Liebe auf den ersten Blick! In jeder Liebesbeziehung muss man ja kompromissbereit sein, den perfekten Partner oder die perfekte Partnerin gibt es ja leider nicht. Meine Frau Eva war kein Model, sie wog wohl um die 80 kg und hatte keine Traumfigur, aber trotzdem fand ich sie sexy, erotisch und anziehend. Allerdings waren wir oft unterschiedlicher Meinung und stritten uns gelegentlich heftig. Sie rastete dann total aus und warf mit allem nach mir, was sie in der Hand hatte. Einerseits entzückte mich ihre temperamentvolle Art, andererseits macht es keinen besonderen Spaß, wenn man einen Teller an den Kopf geworfen bekommt und das Horn langsam wächst. Obwohl ich ihre gesammelten Tassen als klobig und nicht besonders hübsch empfand, war diese Art der

Entsorgung nicht in meinem Sinn. Sie war stur wie tausend Rinder, wenn sie gesagt hatte, dass ein Kreis vier Ecken hat, dann war das so. Man konnte sie nicht mehr davon abbringen, denn ihr Entschluss stand dann fest. Wenn es nach einem handfesten Streit nach ein paar Tagen wieder zur Versöhnung kam, war der Himmel voller Geigen, denn im Bett verstanden wir uns bestens. Allerdings wurden später auch Zärtlichkeiten eher zur Ausnahme.

Nun kam es vorletztes Jahr, am Vorabend ihres Geburtstages, zu einer außergewöhnlichen Situation, die sie wohl missdeutet hat."

An dieser Stelle erzählte ich nicht weiter, aber mein breites Grinsen, vielleicht auch wegen des getrunkenen Weines, animierte den Feuerwehrmann dazu, mich zum Fortsetzen meiner Geschichte aufzufordern.

Also erzählte ich den weiteren Verlauf meiner Liebesgeschichte.

„Das Folgende ist ziemlich verrückt, aber wahr. Wir hatten einen Maulwurf in unserem Garten. Er war sehr fleißig und jeden Tag pflügte er den Rasen um und hinterließ zahlreiche große Maulwurfshügel. Unser Garten sah aus wie eine Vulkanlandschaft en miniature. Das Breittreten der Hügel und das

Wegrechen vermittelten immer nur kurzzeitig die Illusion eines halbwegs gepflegten Rasens. Auch wenn diese Viecher unter Naturschutz stehen, hasste ich ihn sehr leidenschaftlich. Jeden Tag wuchsen neue Vulkankegel im Garten. Ich hatte Angst um die Messer unseres Mähroboters, denn dieses Gerät hat keine Sensoren für Maulwurfshügel, er fährt da einfach rein und wenn die Messer den Dreck und die Steine durchwühlen, sind sie anschließend unbrauchbar. Nachdem meine Hoffnung verschwunden war, dass dieses Untier irgendwann Sehnsucht nach Liebe hat und eine Maulwurfsfrau in der großen weiten Welt sucht, las ich im Internet über Möglichkeiten diese Bestie zu vertreiben und wurde fündig.

Entsprechend dortigen Empfehlungen vergrub ich alkoholgetränkte Lappen und versuchte es mit Chlortabletten für Swimmingpools, jedoch schien der Geruchssinn dieses Höhlenbauers gestört oder er hatte andere Vorstellungen von Wohlduft oder Gestank. Ich kaufte extra besseren Schnaps, obwohl ich selbst kaum welchen trinke. Damit tränkte ich wieder einen Lappen und vergrub ihn in einem seiner Gänge.

Die erhoffte Wirkung blieb aber aus, im Gegenteil, die alkoholgetränkten Lappen schienen sein Wohlbefinden durch Rausch zu verbessern.

Aber auch die Chlortabletten, so bildete ich es mir jedenfalls ein, schienen seinen Tatendrang zu vergrößern…..getreu dem Motto…..vielleicht find ich ja noch so eine Droge irgendwo im Erdreich. Meine Vertreibungsversuche waren nicht von Erfolg gekrönt, und als ich eines Nachmittags im Garten mit einem langen Messer auf einem Stuhl über einem Maulwurfshügel saß, um ihn auf frischer Tat zu ertappen und zu ermorden, erntete ich nur das Gelächter meines Nachbarn. Er wollte mich foppen und sagte: „Lass doch mal meine Frau für ihn einen Kuchen backen? Das könnte ihn für immer vertreiben!" Seine Frau war bekannt dafür, dass sie die Königin im Backen ungenießbarer Kuchen war. Trotzdem backte sie leidenschaftlich gerne und quälte meinen Nachbarn und seine gesamte Familie mit ihren Backkünsten. Alle aßen seit Ausbruch ihrer Backleidenschaft brav und artig ihren betonharten Kuchen unter Zahnbruch- und Magenschmerzgefahr, nur um den Hausfrieden zu wahren.

Der arme Kerl hat es nicht leicht, da war mir mein Maulwurf lieber als seine backende Frau.

Um mir wieder Anregungen für neue Mordversuche zu holen, las ich wieder im Internet und da stand unter anderem, dass das Geräusch eines permanent arbeitenden Mähroboters den Maulwurf vertreiben würde. Also programmierte ich meinen

Mähroboter so, dass er tagsüber Pause hatte und nachaktiv wurde. Schon in der ersten Nacht, der Nacht vor dem Geburtstag meiner Frau, stellte sich das als fataler Fehler heraus. Der Roboter rumpelte in der Nacht um drei Uhr vor unserem Schlafzimmerfenster über den Rasen und den Rand der Terrasse. Der Lärm weckte mich unsanft auf, jedoch mein Schatz schien das Gerumpel nicht zu hören. Ich ärgerte mich über meine Dummheit und stand auf, um den Mähroboter auszuschalten. Meine Frau schlief noch ziemlich fest und ich wollte sie nicht wecken, deshalb zog ich mir nichts an, denn sonst hätte ich das Licht anmachen müssen. Es war eine ziemlich milde Nacht und ich schlafe nackt, weshalb also für die zwei Minuten extra etwas anziehen?

Also ging ich durch den Hintereingang des Hauses auf die Terrasse und dann um das Haus zu der Seite, wo unser Schlafzimmer ist.

Der blöde Mähroboter hatte sich aber inzwischen entschlossen auf die straßenzugewandte Seite unseres Hauses zu fahren, genau dort, wo die Straßenlaterne steht. Es war kein Mensch zu sehen, also rannte ich nackt zu dem Mähroboter, hob ihn hoch und trug ihn, so schnell ich nur konnte, auf die Rückseite der Terrasse und schaltete ihn aus.

Ich dachte, geschafft, niemand hat dich gesehen. Jedoch als ich wieder ins Haus gehen wollte, hörte ich unseren kleinen Kater Adolf jämmerlich mauzen. Er ist nachts draußen und ich wollte nachsehen was mit ihm los ist. Ich ging dieses Mal andersherum auf die der Straße zugewandten Seite unseres Hauses und kam dem Mauzen von Adolf immer näher.

Auf der der anderen Seite stand der Pferde-transportanhänger unseres Nachbarn.

Er ist Pferdenarr und fast jedes Wochenende treibt er sein Reitpferd in den Anhänger um es zu Turnieren zu fahren. Aus dem Hänger mauzte unser kleiner Kater. War er etwa eingeklemmt?

Was sollte ich nun machen? Ich ging zu dem Anhänger, die Türe war offen und Adolf saß in der hintersten Ecke des Hängers. Eingeklemmt war er nicht, wahrscheinlich nur verschreckt. Ich nahm ihn auf den Arm um ihn zu streicheln, er war sehr aufgeregt, vielleicht hatte ihn ein anderer Kater oder ein Fuchs in diese Ecke getrieben. Als ich nackt mit meinem Kater auf dem Arm den Hänger verlassen wollte, hörte ich ein Auto auf der Straße heranfahren. Ich schloss schnell die Anhängertüre von innen, denn ich wollte ja nicht im Adamskostüm mit der Katze im Arm gesehen werden. Leider fuhr aber das Auto nicht vorbei, sondern platzierte sich exakt vor dem Hänger. Jemand hob die Deichsel des Hängers an und ehe ich mich versah, machte es Klick. Jemand sagte: „Fertig", ich hörte die Autotür knallen und schon rumpelte der Hänger über die Straße mit unbekanntem Ziel. Ich hielt mich mit einer Hand an einem Haltegriff des Hängers fest und im anderen Arm hatte ich den mauzenden Adolf.

Mir war nicht klar, wer den Hänger angehangen hatte, war das ein Dieb? Wohin ging die Reise? Während der Fahrt abzuspringen traute ich mich nicht und so fuhren Adolf und ich im Morgen-grauen einem unbekannten Ziel entgegen. Ein Handy haben nackte Leute gewöhnlich nicht bei sich, so konnte ich auch nicht die Polizei über den mutmaßlichen Anhängerdiebstahl informieren. Mein Kontakt mit der Außenwelt beschränkte sich auf den Blick aus einem runden Bullauge des Pferdeanhängers.

Wir fuhren quer durch eine Stadt und als das Gespann an einer roten Fußgängerampel anhielt, öffnete ich die seitliche Tür und wollte aussteigen. Die Tür klemmte und als sie endlich aufflog, stand ich einer Gruppe von Passanten an der Fußgänger-ampel gegenüber, die mich angafften. Deshalb hielt ich meine freie Hand vor mein bestes Stück und rief: „Es ist nicht so, was sie denken ist falsch!"

Adolf mauzte dazu und die Passanten starrten mich an, als komme ich vom Mars. An ihren Blicken sah ich, dass sie kein Verständnis für meine Situation hatten. Wieso auch? Vermutlich hielten sie mich für einen Exhibitionisten mit Neigung zur Sodomie.

Ich ergriff die Seitentür und versuchte sie zu zuschlagen, was aber nicht richtig klappte. Mir war nun egal was die Leute von mir sahen.

Ehe ich weiter nachdenken konnte, fuhr das Auto wieder an, ich kam aus dem Gleichgewicht und flog mit meiner Katze in die Ecke des Hängers.

Durch den Anfahrruck drehte sich die Türe schlagartig und fiel ins Schloss. Gott sei Dank hatte ich mir nicht weh getan und Adolf ging es auch gut. Ich lag da in der Ecke und war schneller in eine außergewöhnliche Situation gekommen, als ich es mir vorstellen konnte. Klar, ich habe gerne über die Zoten anderer Leute gelacht, aber dass mir mal so ein Quatsch passieren würde, daran habe ich nie gedacht.

Nun kreisten die Gedanken in meinem Kopf, was sollte ich machen? Wie konnte ich mich aus dieser Situation befreien? Was würde ich der Polizei sagen? Wie würde meine Frau reagieren, wenn ich am Morgen weg bin und die Terrassentür aufsteht? Inzwischen war es hell geworden und nach einer Fahrt ins Ungewisse hielt nun endlich das Auto an. Ich hörte den Fahrer aussteigen, der Gestank seiner Zigarette stieg in meine Nase, er erzählte etwas, vermutlich war es ein Selbstgespräch. Und dann kuppelte er den Hänger ab und nachdem der Motor des Autos aufgeheult hatte, entfernte sich der Wagen. In dem Moment dachte ich, dass es jetzt der richtige Zeitpunkt wäre, eine zu rauchen, aber ich rauche ja eigentlich nicht und hatte auch keine Zigarette.

In meiner Verzweiflung sagte ich zu Adolf: „Das scheint ein interessanter Tag zu werden!" Und Adolf schien mir das mit seinem Mauzen zu bestätigen.

Vorsichtig öffnete ich die Anhängertür und lugte hinaus ins Freie. Es war kein Mensch zu sehen, scheinbar waren das hier Bauernhöfe, ja…..es roch nach Kuh und Schwein. Wo ich mich befand war mir nicht klar. Auf jeden Fall waren wir nicht weit von der Stadt, die Fahrt war nur kurz gewesen.

Was nun? Ich suchte mit meinen Blicken eine Wäscheleine, wollte mir was zum Anziehen klauen. Aber da war keine Wäscheleine. Jedoch nackt konnte ich nicht zu einer Bushaltestelle laufen oder mir ein Taxi rufen. Wieder versuchte ich meine Gedanken zu ordnen. Scheiße, heute hat meine Frau Geburtstag. Wie spät ist es eigentlich? Ist sie schon wach? Traditionell gibt es zum Geburtstag Morgensex und dann frische Brötchen zum Frühstück. Den Blumenstrauß hatte ich im

Schuppen versteckt. Heute gibts keinen Morgensex und keine Brötchen zum Kaffee, sondern es gibt massiv Ärger! Ich schlug mir mit der freien Hand an die Stirn, damit mich eine zündende Idee in meinem Oberstübchen aus dieser ausweglosen Situation befreien würde. Aber die zündende Idee blieb aus! Sollte ich vielleicht an der Haustüre des Bauerhofes klingeln? Wenn mir Jemand öffnet, denken die: Der ist nicht ganz dicht, nackt und mit einer Katze im Arm, der ist nicht ganz glatt und irgendwo entlaufen!

Mein Urlaubsfreund schlug sich lachend auf die Schenkel und frotzelte:

„Sehr interessante Geschichte, sehr interessante Muschigeschichte!
Erzähl weiter, ist spannend, mal sehen wie die Story ausgeht!"

Ich musste auch lachen und nachdem wir herzhaft gelacht hatten, setzte ich meine Erzählung fort:

„Ich entschloss mich in den Stall zu schleichen um dort vielleicht eine Stalljacke oder andere Anziehsachen zu finden. Aber außer quiekenden und grunzenden Schweinen war da nichts.
Plötzlich hörte ich Hundegebell, das sich mir schnell näherte. Schon sah ich den Hund in der Stalltüre

und nun rannte ich in den hinteren Bereich des Stalles und rettete mich auf eine Leiter zum Heuboden. Leider fehlten die oberen Sprossen, jedoch befand ich mich auf halber Höhe und der springende und bellende Hund konnte mir nichts mehr anhaben. Adolf mauzte und kratzte mich. Ich konnte ihn nicht mehr halten. Er sprang von meinem Arm und rannte um sein Leben und der Hund rannte hinter ihm her. Da erschien ein Mann im Stall, es war der Bauer. Der kleine, untersetzte Mann mittleren Alters sah sehr ungepflegt aus, das was er im Gesicht trug war kein Dreitagebart mehr, eher erinnerte es mich an die Typen die gelegentlich beim Getränkehändler um die Ecke stehen und sich verzaubern. Mit tiefer Stimme schrie er mich an: „Du Sau…..was machst du hier? Endlich habe ich dich erwischt! Auf diesen Tag habe ich schon lange gewartet! Wo ist die Bäuerin, diese Schlampe? War es schön? Wo habt ihr es getrieben?"

Ich stammelte etwas, aber ehe ich meine Gedanken ordnen konnte, rief er: „Hasso, bei Fuß!" Hasso kam sofort. Vermutlich hatte er Adolf mit einem Biss verschlungen und nun kam ich an die Reihe.

Er bellte und ich rief: „Es ist nicht so wie sie denken! Es ist total anders!"

Der Bauer reagierte kein bisschen auf meine Worte und rief nur: „Hasso, pass auf den Kerl auf, ich hol jetzt das Gewehr!" Nun hatte ich die Wahl, von der bellenden Bestie verschlungen oder vom Bauern erschossen zu werden. Ich schaute nach oben, die Leitersprossen fehlten immer noch, und ich entschloss mich dazu, erschossen zu werden, das geht schneller als vom Hund zerfleischt zu werden. Im Handumdrehen war der Bauer wieder zurück und schrie mich an: „Zuerst werde ich dir deinen Sack abschießen", und legte das Gewehr an. Instinktiv schützte ich meinen Sack mit meiner freien Hand. Der Hund bellte und der Bauer war im Jagdfieber. In diesem Moment bereute ich es, dass ich mich nicht für das Zerfleischen entschieden hatte.

Ich rief: „Hören Sie zu! Ich kenne ihre Frau nicht, das ist alles nur ein dummer Zufall!" Aber der Bauer übertönte mich: „Zuhören? Zufall......du elende Sau, ich glaube dir kein Wort!"

Er schrie: „Hasso.....Aus..... jetzt, Aus!"

Hasso hielt tatsächlich sein Maul und setzte sich neben sein Herrchen. Nachdem das Herrchen kurz das Gewehr heruntergenommen hatte, legte er nun wieder an und zielte auf mich. Die Sekunden kamen mir endlos lang vor. Auf einmal rief eine Frauenstimme: „Horst, hey Horst, wo bist du?"

Der Bauer sah mich verdutzt an, er zielte weiter bis seine Frau in der Tür erschien! Sie rief:

„Horst! Hey Horst, was machst du denn da wieder für Spielchen?" Dann sah sie mich und rief: „Und was ist das jetzt für ein Kerl?!"

Ich spürte, dass ich nun eventuell weiterleben darf und empfand tiefe Dankbarkeit für diese Frau, die im richtigen Moment erschienen war. Sie war zwar bezüglich ihres Aussehens keine Fee, trotzdem bin ich ihr zeitlebens dafür dankbar, dass sie im richtigen Moment erschienen ist. Der Bauer zögerte einen Augenblick, er sah mich an, dann seine Frau, doch dann machte es „Klick"!

Er nahm aber nur kurz das Gewehr runter und zielte anschließend wieder auf mich. Nun schaute er aber nicht mehr durch Kimme und Korn, sondern er musterte mich genauer und rief mir zu:

„Ja, was bist du denn für ein Kerl? Ich habe dich hier noch nie gesehen, was machst du nackt auf meinem Hof?"

Und zu seiner Frau gewandt…… fragte er:
„Du kennst diese Sau nicht?"

Sie rief sehr überzeugend: „Nee, woher denn, das ist Keiner vom Ort, das wüsste ich, ich kenne doch alle!"

In dieser miesen Situation fiel mir ein blöder Witz ein, in dem eine Frau alle Männer ihres Ortes am Schwanz erkennt. Aber es war wohl ein unpassender

Moment, um jetzt den Witz zu erzählen. Ich begriff diesen glücklichen Umstand als lebensrettend für mich und sagte: „Ich kenne ihre Frau nicht, ich bin auch nicht von hier, lassen sie mich zu Wort kommen......ich erkläre Ihnen alles."

Er schrie mich an: „Wolltest du klauen, bist du ein Dieb? Aber warum bist du nackt, hast du meine Kuh gevögelt?"

Ich antwortete: „Nein, nein, bitte geben Sie mir was zum Anziehen, ich erkläre Ihnen alles!"

Der Bauer zögerte einen Moment und mit einem Schulterblick und einem Nicken in die Richtung seiner Frau wurde nun endlich die Trendwende eingeleitet. Die Bäuerin verschwand aus dem Stall, ich hatte nun eine echte Chance mit meinem Sack weiterleben zu dürfen. Endlich nahm er das Gewehr runter und sagte: „Hey, Bürschchen, ich bin ganz Ohr auf das, was du mir zu sagen hast! Aber wage es nicht mir Lügen aufzutischen, ich gebe dir nur eine Chance!"

Ich stammelte recht und schlecht die Geschichte mit dem Maulwurf, dem Mähroboter, meiner Katze und dem Pferdeanhänger und, dass ich nackt schlafe.

So richtig schien er mir nicht zu glauben, aber sein finsterer Blick hellte sich leicht auf! Inzwischen kam die Bäuerin mit einem rosaroten und ziemlich schmuddeligen Bademantel und hielt ihn mir hin. Der Bauer protestierte: „Das ist doch Mutter ihrer!"

Die Bäuerin konterte:
„Man, die ist doch schon 3 Jahre tot!"
Mürrisch nickte der Bauer!
Ich fragte: „Darf ich runterkommen?"
Der Bauer nickte wieder und dankbar stieg ich von der Leiter, nahm der Bäuerin gerne den keimigen Bademantel ab und zog ihn eilig an.
Jetzt fragte die Bäuerin: „Was machen Sie hier? Weshalb sind sie nackt?"
Erst jetzt merkte ich, dass ich total ausgekühlt war und schüttelte mich frierend. Bibbernd erzählte ich die Geschichte ein zweites Mal und nun schien mein Missgeschick dem Bauern zu gefallen, seine Miene hellte sich auf und ich meinte, ein Lächeln in seinem Gesicht gesehen zu haben.

Der Feuerwehrmann krümmte sich vor Lachen und sagte immer wieder:
„Nackt mit Muschi in der Scheune, köstlich, köstlich, oh man, was will man mehr?"
Wir stießen wieder mit unseren Gläsern an.
Nachdem wir ausgiebig gelacht hatten, forderte mich der Feuerwehrmann auf, auch den Rest der Geschichte zu erzählen. Und das tat ich dann auch:

„*Nachdem der Bauer kapiert hatte, dass ich es nicht mit seiner Frau treiben wollte und kein Exhibitionist bin, musste ich mehrere Schnäpse mit ihm trinken. In diesem Moment war mir das auch recht, die letzten Stunden meines Lebens waren ziemlich speziell und aufregend gewesen und nur die Katze auf dem Arm hatte mir ein bisschen Wärme gespendet, da kam der Schnaps zum Aufwärmen im rechten Moment.*"

Der Feuerwehrmann lachte immer noch und fragte: *"Und wie bist du dann nach Hause gekommen?"*

Ich lachte mit ihm und erzählte:
„*Nun ja, der Bauer wollte mich tatsächlich nachhause fahren, aber nach dem fünften Schnaps war das keine gute Idee, außerdem sah sein alter, verrosteter Opel nicht nach besonderen Fahrkünsten aus, die Karosse hatte kaum eine Stelle, an der sie nicht zerbeult oder zerkratzt war. In dem Moment war mir das aber egal, das wäre die Lösung für mich gewesen. Allerdings sprang das Schrottauto des Bauern trotz vieler Startversuche nicht an.*
Die Handynummer meiner Frau hatte ich nicht im Kopf, lediglich die Festnetznummer meines Schwiegervaters, da man sich die gut merken kann. Aber ihn wollte ich auch nicht anrufen, und so rief

ich mit dem Telefon des Bauern die Polizei und bat um Hilfe. Der Polizist am Telefon war zwar korrekt, aber nicht überfreundlich und sagte mir, ich solle doch ein Taxi rufen. Dass ich nackt war, interessierte ihn nicht wirklich. Erst als ich meine Muschi, also die Katze, ins Spiel brachte, und ihm sagte, dass sie ja auch nach Hause wollte, ließ er sich erweichen und sagte, er schicke zwei Polizisten zum Bauernhof. Scheinbar war ihm die Katze wichtiger als ich.

Allerdings war Adolf weg, Hasso hatte ihn vermutlich mit einem Mal verschluckt, Speichel tropfte gelegentlich aus seinem Bestienmaul auf den Fußboden. Aber ich war inzwischen sein Freund geworden, denn er kam immer wieder zu mir und legte seinen Kopf zwischen meine Beine, nur meine schützende Hand trennte ihn von meinem Sack.

Der Bauer forderte mich auf, Hasso zu streicheln, das wäre sein Wunsch, wenn er so agieren würde.

Also machte ich das auch angeekelt, das ist ja besser als gefressen zu werden.

Weil Hasso mich scheinbar inzwischen zu seinem Rudel zählte, schien der Bauer nun auch mein Freund zu sein.

Bis die zwei Polizisten kamen, hatten der Bauer und ich noch ein paar Schnäpse getrunken und waren ziemlich fröhlich. Nachdem ich den Polizisten meine

Geschichte erzählt hatte, meinte ich, ein Lächeln in ihren finsteren Beamtenmienen erkannt zu haben. Dabei erntete ich nur Kopfschütteln und den Kommentar: „Unglaublich, unglaublich!"

Trotzdem ließen sie mich mit finsterer Miene und widerwillig in ihr Auto steigen.

Lediglich im Bauern hatte ich einen neuen Freund gefunden, der mir zwar ursprünglich die Eier wegpusten wollte, mir aber letztlich den keimigen Bademantel schenkte.

Unglaublich, aber wahr, keine 500m nach unserer Abfahrt in der Staatskarosse sah ich Adolf neben der Straße laufen. Meiner Bitte, doch kurz wegen der Katze anzuhalten, kamen die Staatsdiener gerne nach, und als ich Adolf mit einschmeichelnden Worten gelockt hatte, konnte ich ihn tatsächlich auflesen und mit in das Auto nehmen.

Zu Hause angekommen wurde ich nun von meiner Frau mit unfreundlichen Tiraden begrüßt. Auch mein Versuch, ihr ein „Happy birthday to you" vorzutragen, verfehlte komplett seine Wirkung. Lediglich Adolfs Heimkunft wirkte besänftigend, und nachdem ich nach einer halben Stunde zu Wort kam, habe ich ihr die Gründe für mein Verschwinden in der Nacht und das Wieder-auftauchen beschwipst dargelegt.

Allerdings war mein Vortrag nicht von Erfolg gekrönt, denn nun schrie sie: „Ich habe jetzt *endgültig die Schnauze voll, es reicht, du kotzt mich an!"*

Der Feuerwehrmann merkte an meinem Seufzer, dass mir das immer noch sehr nahe ging, Trennungen sind ja niemals einfach, auch wenn sie im ersten Moment meistens Erleichterung bringen. Trotzdem konnte er sich vor Lachen kaum halten, immer wieder prustete er los. Nachdem die Lachanfälle beendet waren, nahm er sein Glas und sagte:

„Unglaublich, wirklich total unglaublich, eine unglaubliche Geschichte, aber sehr amüsant! Darauf ein Prost!"

Inzwischen spiegelte sich die Sonne im Meer zu ihrem allabendlichen Untergangsritual, wir genossen den schönen Anblick, hielten noch einen Smalltalk, lachten ab und zu über meine Katzenstory. Wieder ging ein schöner Urlaubstag zu Ende.

Frau Unbekannt

Ich schlief sehr tief und wachte gut erholt auf. Der morgendliche Sonnenaufgang versprach einen schönen Tag und ich genoss den Gesang der Vögel von meinem Bett aus. Ich hatte das Gefühl, unendlich viel Zeit zu haben, alle Zeit der Welt ohne jegliche Aufgaben und Verpflichtungen, also richtiges Urlaubsfeeling. Aber auch im Urlaub hat man ja Bedürfnisse.

Der Hunger trieb mich aus dem Bett und in den Frühstücksraum. Ich suchte meinen Urlaubsbekannten überall, jedoch war der Feuerwehrmann nirgends zu finden.

Den Tag verbrachte ich mit Lesen am Strand, immer wieder nach dem Feuerwehrmann Ausschau haltend, aber er war wie vom Erdboden verschwunden. Endlich, am Abend trafen wir uns zum Abendessen und hielten einen Smalltalk.

Danach, gingen wir, wie am Tag zuvor, an die Bar.

Nach einigen Gläsern Rotwein wurden wir beide lockerer und ich fragte ihn: *„Wie ging denn die Geschichte mit deiner unbumsbaren und doch bumsbaren Freundin weiter?"*

Der Feuerwehrmann seufzte tief und fing an zu erzählen:

„Das Verhältnis mit Anna wurde immer intensiver, wir nutzten jede Gelegenheit und trafen uns mal bei ihr, mal bei mir und auch auf halbem Weg. Wenn ihr Mann Zuhause war, trafen wir uns im Wald zu Spaziergängen, wir trieben es auf Baumstümpfen, in Jagdkanzeln, auf der Wiese und natürlich im Auto. Jeder Abschied fiel uns schwerer und der Sinn meines Lebens bestand nur noch darin, auf unser nächstes Treffen zu warten."

Eine allein reisende Frau am Nachbartisch wurde aufmerksam, sie hatte wohl diese Liebesgeschichte mitbekommen und sprach uns nun an: *„Entschuldigen Sie, darf ich mich zu Ihnen setzen? Ich wollte nicht lauschen, jedoch waren ihre Erzählungen so interessant, ich konnte nicht anders, habe zugehört! Außerdem haben Sie, Herr FWM eine sehr interessante Erzählerstimme. Sind Sie Radiosprecher? Vielleicht beim Sender FWM oder FMM oder so ähnlich?"*

Die Brust des FWM schwoll an, er reckte seinen Oberkörper und setzte sich aufrecht hin. Durch die Urlaubssonne sah er tatsächlich aus wie ein

V.I.P. Seine Haut hatte eine schöne, gesunde Bräune und durch seine Körpergröße erregte er Aufmerksamkeit.

Man sah ihm an, dass ihm diese Worte geschmeichelt hatten.

„Radiosprecher? Nicht schlecht! Ich weiß nicht, ob mir das liegen würde, nein, Radiosprecher bin ich nicht!

Aber Sie dürfen noch zweimal raten! Setzen sie sich erst einmal zu uns, hübsche Frauen sind immer willkommen!"

Die Unbekannte lächelte und nahm an unserem Tisch Platz.

Er sprach: *„Nun kennen sie meine Geschichte, dann sind sie nun dran etwas über sich zu erzählen. Vielleicht erzählen wir dann auch noch mehr über uns, oder Olo, was meinst du?"*

„Natürlich war ich einverstanden, die Geschichten, die fremde Menschen erlebt haben, sind sehr vielfältig, manche sind tragisch, manche sind lustig, aber oft sind sie interessant! Aber ich denke, nun ist Frau Unbekannt erst einmal dran etwas über sich zu erzählen!"

Sie nickte grinsend und begann: *„Ich bin die Susi, eigentlich Susanne, aber das sagt Niemand meiner Freunde zu mir. Ich komme aus Frankfurt, lebe getrennt, aber noch nicht geschieden, das ist zu teuer in Deutschland."*

„Willkommen im Club der einsamen Herzen!", antwortete der Feuerwehrmann. Der Kerl ist der Olo (er deutete auf mich) und ich bin der FWM oder Feuerwehrmann! Wir stießen mit unseren Gläsern an und prosteten uns zu, erzählten ein paar Witze über Lehrer, Ärzte, Psychologen usw. und waren locker drauf. Jedoch als der Feuerwehrmann Susi nach Ihrem Beruf fragte, verfinsterte sich ihr Blick und sie brauste auf:

„Welche Bedeutung hat denn mein Beruf? Wir sind im Urlaub! Und wenn ich sage, dass ich Lehrerin oder Ärztin bin, dann nehmt ihr mich für voll, wenn ich aber sage, dass ich für Mindestlohn in einer Reinigungsfirma arbeite, bin ich dann ein Dummchen und uninteressant!? Ich möchte mich in keine Schublade stecken lassen, im normalen Leben ist das oft sinnvoll, führt aber auch gelegentlich zu Fehleinschätzungen! Jedenfalls bin ich nicht blöd, könnt ihr mit dieser Erklärung leben?"

Ihr selbstbewusstes Auftreten erlaubte keinen Zweifel, dumm wirkte diese Frau auf keinen Fall, im Gegenteil, sie überzeugte durch diese konkrete Ansage. Der Feuerwehrmann und ich nickten uns gegenseitig zu und er sagte:

„Das ist okay, du hast ja recht, wir sind im Urlaub und nicht bei einem Vorstellungsgespräch, außerdem mögen wir dich! Darf ich denn eigentlich Du zu Ihnen sagen, jetzt war ich wohl unhöflich?"

Sie nickte uns zu und ihr Gesicht hellte sich auf. Nun sprach sie das aus, was alle dachten:
„Lasst uns einfach die Tage hier genießen, das Leben ist ernst genug! Außerdem sind wir durch Zufall geboren worden. Unter den unzähligen Eizellen und den vielen Millionen Spermien hat der Zufall es entschieden, dass du, du, oder ich entstanden sind. Ansonsten würde hier eine andere Person sitzen, oder wahrscheinlich auch nicht.
Zuvor haben sich aber auch noch unsere Eltern gefunden, da war ja auch die Auswahl ziemlich groß. Auch das war ein Zufall.
Und nun trafen wir drei uns hier durch verschiedene Zufälle, und deshalb, lasst es uns hier schön machen. Nur Idioten zetteln einen Krieg an und so viele Menschen zanken sich wegen

unwichtiger Dinge und machen sich das Leben schwer. Ist das nicht idiotisch?

Susi hatte meine Meinung in kurzen Sätzen dargestellt und ich denke, auch die Meinung des Feuerwehrmannes.

Unter dem Einfluss des Alkohols leistete ich nun auch meinen Wortbeitrag:

„Und durch Zufall sind unsere Flugzeuge nicht abgestürzt, es hätte ja auch eine Reihe unvorhersehbarer Zufälle geben können, die das verursachen könnten. Kein Passagier hat vermutlich in den Unglücksmaschinen vom Bodensee an diesen unglücklichen Zufall geglaubt, als zwei Maschinen in der Luft zusammenstießen und dann hoffnungslos abstürzten, oder noch schlimmer, an den irren Copiloten, der eine deutsche Maschine von Germanwings über den französischen Alpen zielgerichtet wegen psychischer Probleme zum Absturz gebracht hat.“

Der Feuerwehrmann lallte*: „War das wirklich so? Ich dachte, Fliegen ist sehr sicher! Eigentlich fliege ich ja gerne!“*

Susi entgegnete:

„Ja, davon weiß ich, leider sind diese Unglücke tatsächlich passiert, über Überlingen am Bodensee 2002 und in den Alpen, ich glaube, das war 2015!"

Mir lief wieder mal ein Schauer wegen meiner Flugangst über den Rücken und trotzdem sicherte ich meinen Urlaubsbekannten zu, dass Fliegen sicherer ist als im Auto zu reisen.
Alle nickten zustimmend, der Beitrag des Feuerwehrmannes gab mir wieder mal zu denken, als er in seinem Suff sagte:

„In Deutschland gibt es jährlich ungefähr 200 bis 250 Morde, das ist auch nicht zu unterschätzen! Dann bin ich doch lieber bei denen, die übrig bleiben, das ist doch besser als ermordet zu werden!"

Susi lachte schallend:
„Da hast du vollkommen recht, früher oder später kommt auf jeden Fall der Tag, da kommen wir sowieso alle in den Himmel!"

Der Feuerwehrmann entgegnete nun:
„Ich nicht! Ich? Auf keinen Fall!"

In diesem Moment begann ein lautstarker Disput am Nachbartisch. Dieses Pärchen war mir schon die ganze Zeit aufgefallen, sie waren beide nicht mehr taufrisch, sie hatte täglich neue Kleider an, im Regelfall waren sie hauteng und ließen keinen Zweifel, dass sich darunter etliche Speckringe befanden.

Dazu liebte diese Frau die grellen Farben, ihr Look war röter als rot und bunter als bunt.

Sie zankten sich oft, und scheinbar war ihnen egal, dass andere dabei zuhörten.

Susi erzählte leise:

„Neulich saß ich bei dem Pärchen während des Abendessens am Tisch, erst haben wir uns nett unterhalten, aber dann ging es richtig zur Sache.

Sie sind zeitweise total verliebt, küssen sich und halten Händchen, aber die Stimmung kann auch ganz schnell umschlagen, dann fehlt nicht mehr viel zu Handgreiflichkeiten!"

Der Feuerwehrmann gab seinen Kommentar:

„Wahrscheinlich sind sie friedlich und verliebt, wenn sie es gerade getrieben haben, aber dann kommt eben auch die Normalität zurück und in Wirklichkeit können sie sich vielleicht nicht leiden!"

Wir lächelten uns an und prosteten uns wegen dieser weisen Erkenntnis zu. Als Susi mit uns anstieß, bekam das zankende Paar das mit und er rief mit Blick auf Susi:

„Du brauchst nicht so blöd zu grinsen, du alte Lehrerschlampe, die Lehrer wissen doch sowieso immer alles besser!"

Jetzt war seine Frau offensichtlich auf seiner Seite, denn sie rief: *„Da hast du vollkommen recht! Scheißblöde Lehrer! Wir mussten so viel Mist in der Schule lernen und irgendwann hatten wir die Schnauze voll und nun müssen wir die Drecksarbeiten machen!"*

Susi verdrehte die Augen, aber antwortete nicht, sie schüttelte nur leicht mit dem Kopf und unsere Blicke gaben uns gegenseitig zu verstehen: In diesem Fall ist Schweigen Gold, jede Antwort auf den Angriff wäre destruktiv gewesen.

Das Traumpaar am Nachbartisch entschloss sich nun auch zu schweigen, und kurz nach den verbalen Angriffen standen sie auf und gingen vermutlich auf ihr Zimmer.

Nachdem sie fast außer Sichtweite waren, sagte der Feuerwehrmann mit Blick auf die Beiden:

„Und nun wird ordentlich gebumst!"

Wir grinsten uns wieder an und Susi sagte zum Feuerwehrmann: *„Hey, du bist ja ein richtiger Hellseher, ein Prophet!"*

Er fragte nun:
„Und du, bist du tatsächlich eine von diesen besserwissenden Lehrerinnen?

Susi setzte ein verschmitztes Grinsen auf und antwortete:
„Es ist schon spät, morgen ist auch noch ein Tag, wir könnten uns ja am Abend treffen und weiterreden?"

Wir nickten uns zu und es war klar: Morgen wird es wieder interessant. Nach der Verabschiedung gingen nun wieder alle Mitglieder unseres Urlaubstrios auf ihre Zimmer.
In meinem Zimmer angekommen machte ich mich bettfertig und legte mich schlafen.
Jedoch machte mir mein Hirn einen Strich durch die Rechnung. Ich fand nicht in den Schlaf, musste an Susi denken und dass sie von dem seltsamen Pärchen als besserwissende Lehrerschlampe bezeichnet wurde. Ich dachte

an meine Schüler und an alle Beschimpfungen, die ich als Lehrer ertragen musste.

Als Lehrerschlamperich hat mich noch kein Schüler bezeichnet, die Schimpfworte gegen mich waren eigentlich erträglich gewesen und in jedem Fall habe ich im Streitfall mit der betreffenden Schülerin oder dem Schüler geredet und konnte letztlich sogar das Verhältnis Schüler-Lehrer verbessern.

Alle möglichen Dinge gingen mir durch den Kopf und ich nahm mir vor, an etwas anderes zu denken.

Am besten an eine Frau, oftmals träumt man ja von den Dingen, die man vor dem Einschlafen gesehen, gehört oder gedacht hat.

Jetzt kam mir meine Exfrau Eva in den Sinn.

Sie war ja nach wie vor attraktiv, auch wenn wir uns nicht mehr verstanden haben.

Aber ziemt es sich denn, von seiner Exfrau zu träumen? Ich ärgerte mich über mich und dadurch wurde ich noch wacher.

Ich überlegte, von welcher Frau ich nun träumen sollte, vielleicht von Susi?

Nein, Susi ist nicht mein Typ, dann eher die hübsche Frau, die ich morgens an einem Frühstückstisch gesehen hatte. Die hat mir sehr gut gefallen, auch mein Schlingel war begeistert. Mal sehen, vielleicht kann ich mich ja morgen an meine Träume erinnern?

Der Mopstraum

Irgendwann muss ich wohl in das Traumland übergesegelt sein, am nächsten Morgen dachte ich im Halbschlaf an den Vortag. Ich erinnerte mich tatsächlich an meine Träume.

Allerdings habe ich nicht von Eva, Susi oder der schönen Fremden geträumt, sondern davon, dass ich ein Mops war.

Vor Jahren wollten Eva und ich uns einen Mops zulegen, jedoch als wir im Tierheim waren, hat der Mops nur traurig geschaut. Deshalb hat die Katze des Bauern das Rennen gemacht, sie hat so süß miaut. Aber egal.

Ich war jedenfalls im Traum ein Mops, hatte einen sehr gedrungenen Körper, war fast quadratisch, also brachte viel Masse auf kleinsten Raum.

Ich war sehr hungrig und habe in meinem Traum fast nur gefressen. Jedoch kam überraschend ein anderer, ein fremder Mops an meinen Napf und fraß mir tatsächlich mein Fressen weg. Da er größer und stärker als ich war, traute ich mich nicht, ihn von seiner Fresslust abzuhalten, obwohl eindeutig an meinem Napf mein Name Otto stand. Vermutlich konnte der fremde Mops aber nicht lesen.

Der fremde Mops fraß und fraß, aber der Napf wurde nicht leer, wie bei „Tischlein deck dich." Jedoch wurde der fremde Mops in meinem Traum größer und größer, er fraß ja auch wie ein Irrer.

Nun tauchte aus einer Nebelwand meine Tochter Sara auf, sie ist Domina und bestraft Männer in ihrem Dominastudio und lässt sich das gut bezahlen.
Sara kam in einem engen Lederanzug mit einer Peitsche in den Raum und knallte zweimal mit der Peitsche auf den Fußboden, da machte es „Peng" und der Mops platzte und löste sich in Rauch auf.

Ich sagte zu Sara: „Wau wau!" Sie lächelte mich an, streichelte meinen dicken Mopskopf und ich war stolz auf meine Tochter.

Über meinen Traum musste ich lachen, ich lachte allerdings so laut, dass ich offensichtlich die Gäste im Nachbarzimmer gestört hatte, denn Jemand klopfte an die Wand, an der mein Bett stand.

Ich schaute auf die Uhr, es war bereits 09.30Uhr, und um diese Zeit sind sicher die meisten Gäste wach. Also hatte ich kein Mitleid mit den Nachbarn, es war ja schon spät am Morgen, also Zeit zum Aufstehen und Frühstücken.

Frühstück! Das wollte ich nicht verpassen, denn ich hatte jetzt einen Mopshunger.

Hitler und seine Frau

Der Tag begann wie immer, die schöne, aber liierte Frau auf der Frühstücksterrasse inspirierte mich dazu, mich wieder für Frauen zu interessieren. Nach der Scheidung von Eva wollte ich abstinent leben, aber ich beschloss, dass das nicht die Endlösung für mich werden sollte. Endlösung: Was für ein missbrauchtes Wort! Tatsächlich sah der Mann der schönen Frau wie Hitler aus, hatte unter der Nase ein eckiges Schnurrbärtchen und kurz geschorene, auf die Seite gelegte Haare. Dieser Hitler war allerdings ein Spanier, vielleicht tatsächlich ein wiedergeborener Hitler? Reinkarnation? Gibt es sie tatsächlich? Keiner weiß es genau!

Vielleicht war ich ja in meinem früheren Leben ein Mops? Ich überlegte, habe ich die Eigenschaften eines Mopses?

Mein Forscherdrang kam in mir durch und ich nahm mein Handy zur Hand, obwohl ich das während des Essens vermeide.

„Google" weiß fast alles und so recherchierte ich:

Welchen Charakter hat ein Mops?

Da stand: „Der Mops gilt als fröhliche, ausgeglichene und lebhafte Hunderasse. Er ist zwar klein, dafür aber forsch: Gegenüber Artgenossen neigen Möpse zu Größenwahn und großem Temperament. Gefahren unterschätzen sie schnell. So tappen Möpse mit Urvertrauen durch die Welt und reagieren auf Stimmungen sensibel."

Ich musste grinsen: Fröhlich und ausgeglichen bin ich, auch forsch. Aber bin ich größenwahnsinnig gegenüber Artgenossen?

Normalerweise sicher nicht, aber gegenüber dem Arschlochkommissar, der nun mit meiner Ex zusammen ist, war ich vielleicht ein bisschen größenwahnsinnig? Ich weiß es nicht, aber mein Gefühl bestärkte mich, dass ich alles richtig gemacht hatte, als die Polizei den Kommissar als Mörder meiner Schwiegermutter festgestellt hatte und ich kein Veto eingelegt hatte. Letztlich hat ja hier der Zufall eine Rolle gespielt, ich hatte ja dem Kommissar keine Falle gestellt. Ich hatte einfach nur Glück! Haben Möpse Glück? Hier war selbst „Google" überfordert! Aber das ist ja eigentlich egal!

In Gedanken versunken merkte ich nicht, dass ich nun fast alleine auf der Terrasse war. Die Schöne und ihr Hitler waren inzwischen auch verschwunden.

Ich verließ die Terrasse mit dem Plan, wieder aktiv am Liebesleben teilzuhaben.

Alleine sein ist ziemlich öde!

Zur Umsetzung des Planes ging ich nun durch die Hotelanlage, vorbei an den am Pool liegenden Menschen. Aber leider: Die meisten schönen Frauen waren bemannt und die nicht so Attraktiven wollte ich nicht ansprechen. Es sollte ja keine Notlösung werden!

Mir wurde klar: Das wird nicht einfach!

Bin ich denn noch attraktiv? Die 40 Lenze habe ich hinter mir gelassen und die 5 lugt schon um die Ecke! Wahrscheinlich haben die Frauen das gleiche Problem mit dem Anblick von mir, ich bin nun mal kein Held aus einem Film.

Da hat es ein Mops viel besser, ich denke, ihnen ist bei der Partnerwahl das Aussehen nicht so wichtig, wahrscheinlich kommt es auf den Geruch, auf den Duft der Partnerin oder des Partners an.

Das soll ja auch bei uns Menschen eine sehr entscheidende Rolle bei der Partnerwahl spielen, also ob man sich „riechen" kann oder auch nicht!

Mir dämmerte, vielleicht sollte ich an den Frauen riechen, vielleicht kann ich mich ja in eine Frau verlieben, die auf den ersten Blick kein Model ist? Allerdings bin ich noch viel zu sehr auf Eva fixiert.

Ich muss mich ändern! Also los! Mir eröffnen sich neue Horizonte!

Jedoch war es inzwischen zu heiß, um an Frauen zu riechen, außerdem roch es überall nach Sonnenschutzmitteln!

Inzwischen lag ich auf meiner Liege am Strand unter dem schützenden Sonnenschirm und sinnierte weiter. Mir wurde klar, es tut sich wieder das nächste Problem auf! Wie duften Frauen, wenn sie nicht einparfümiert sind? Wahrscheinlich gibt es kaum Frauen in der westlichen Welt, die nicht wenigstens nach Duschgel oder anderen künstlichen Düften riechen.

Und wie soll ich nun herausbekommen, ob meine Zukünftige tatsächlich gentechnisch zu mir passt?

Soll ich sagen: „Hallo schöne Frau, ich finde dich zwar nur mittelmäßig attraktiv, aber würdest du bitte mal drei Tage lang auf Waschen und Parfüm verzichten, damit ich an dir riechend feststellen kann, ob du zu mir passt!"

Damit würde ich sicher eine Ohrfeige riskieren! Und sie hätte ja dasselbe Recht, ich müsste auch ungeduscht durch die Welt laufen, damit sie an mir riechen kann! Jetzt wurde mir Einiges klar! Das ist vermutlich die Ursache der vielen unglücklichen Beziehungen!

Man lernt sich ein parfümiert kennen und die Enttäuschung kommt nach Jahren im Schlafzimmer, wenn der natürliche Gestank durchkommt.

Also ist die Kosmetikindustrie an der ganzen Beziehungsmisere schuld. Böse Kosmetikindustrie! Das wäre doch auch mal ein Ziel für die Klimaaktivisten. Die könnten sich doch auf die Zufahrtsstraße eines solchen Werkes kleben. Vielleicht findet sich ein Hund, der sie anpinkelt! Dann duften sie vielleicht?

Unweigerlich drehte ich meinen Kopf nach unten und roch an meiner Achsel.

Oje! Wie soll ich so eine Frau begeistern?

Schnell sprang ich auf und rannte ins Meer, um zu baden. Den Fischen ist das egal.

Der nichtjüdische Elias

Am Abend traf ich wieder Susi und den Feuerwehrmann und ich wussten, es wird wieder interessant. Nachdem wir uns über unsere Tageserlebnisse unterhalten hatten, bohrte der Feuerwehrmann wieder:
„Hey Susi, jetzt erzähle uns doch mal ein bisschen was über dich!"
Susi räusperte sich eine Weile, scheinbar wollte sie uns ihre Geschichte nicht gerne erzählen, aber dann begann sie:
„Ich bin Ärztin, um es konkret zu sagen, ich bin Urologin. Ich bin für die Untersuchung der Niere, der Blase und der Genitalien zuständig."
Der Feuerwehrmann fragte nun weiter:
„Dann bist du die Frau Doktorin, die einem den Rüssel hinten reinsteckt? Da kannst du uns doch mal zu einer Visite einladen, wenn du eine hübsche Frau untersuchst! Hey, Olo, was meinst du, machen wir einen Betriebsausflug in den Hintern einer schönen Frau? Das wäre doch was für uns!"
Trotz der Anzüglichkeit des Feuerwehrmannes blieb Susi sachlich:

„Nein, so ist das nicht, zwar bin ich Doktorin, aber mein Gebiet sind Erkrankungen, Funktionsstörungen, Fehlbildungen und Verletzungen des männlichen Genitaltraktes sowie der Harnwege.

Im Bereich der Geschlechtsorgane ist der Urologe nur für die Hoden, Nebenhoden, Samenleiter, Samenbläschen, sowie den Penis und die Prostata zuständig, also weitestgehend sind das nur Männer. Aber wenn du daran Interesse hast, du kannst ja einen Aushang im Hotel machen: Männer aufgepasst! Feuerwehrmann untersucht ihre Hoden, den Penis und die Prostata, alles kostenlos! Wir haben doch alle Urlaub! Vielleicht hast du ja Glück und so mancher Mann kommt mit auf dein Zimmer!"

Jetzt musste ich lachen, Susi war richtig schlagfertig und ich freute mich darüber, dass sie dem Feuerwehrmann die passende Antwort gegeben hatte.

Nun wurde der Feuerwehrmann kleinlaut und sagte: *„Das war doch eben nur ein dummer Spaß! Ich hoffe doch, du verstehst das auch so?"*

Susi nickte: *„Klar verstehe ich Spaß und ich kenne die Späße der Männer. Sie sind nicht immer niveauvoll, manchmal auch sexistisch, aber trotzdem mag ich dich! Wir müssen aber deshalb nicht gleich heiraten!"*

Der Feuerwehrmann nickte devot:
„Aber, sag mal: Weshalb hat dich dieses komische Paar gestern als Lehrerschlampe bezeichnet?"

„Das ist ganz einfach! Ich saß neulich mit einer Berufsschullehrerin am Tisch, und da wenige Plätze frei waren, haben uns die beiden gefragt, ob an unserem Tisch noch Platz ist. Selbstverständlich durften sie sich zu uns setzen. Die Lehrerin war im Quasselmodus und hat von ihrer Tätigkeit erzählt, und nun haben sie mich mit ihr verwechselt!"

Jetzt kam der Feuerwehrmann wieder zu seiner alten Stärke zurück und lächelte mich an:
„Ach, so ist das. Dann hat ja die Susi einen ehrbaren Beruf! Anders als ein Lehrer, die reden einen in Grund und Boden und man muss so viel unsinniges Zeug lernen, dann wundert man sich, dass die Kinder laut Pisastudie immer dümmer werden! Außerdem sind ja die Schulen voll mit ausländischen Kindern, die können ja oft nicht mal richtig Deutsch sprechen!"

Das konnte ich nicht auf mir sitzen lassen und konterte: *„Scheinbar hast du in der Schule nicht richtig aufgepasst! Natürlich gibt es gute und weniger gute Lehrer, aber es gibt auch gute und* weniger gute Feuerwehrmänner. Solche Kerle legen ja manchmal auch die Brände selbst! Aber du hast recht, die Lehrpläne sind voll mit Inhalten, die speziell sind und die man heute auch schnell recherchieren kann, man muss nicht alles auswendig wissen. Es stimmt, so mancher Lehrer hat sein Lieblingsthema und knechtet dann seine Schüler damit.

Aber zu diesen Lehrern zähle ich nicht! Und bezüglich der ausländischen Kinder kann ich dir nur sagen: Es stimmt, die Sprache ist bei manchen Kindern ein Problem, jedoch war das nach meinen beruflichen Erfahrungen bei den meisten Kindern mit Migrationshintergrund nicht der Fall.

Viele ausländische Kinder sind hochmotiviert! Außerdem dürfte dir bekannt sein, dass die Schülerzahlen immer weiter abnehmen. Viele Jugendliche machen das Abitur und immer weniger Schüler wollen eine Ausbildung machen.

Es gibt immer mehr freie Ausbildungsplätze und fast alle Firmen suchen händeringend nach geeigneten Auszubildenden. Dazu kommt noch, dass die Ausbildungsreife leider bei vielen Jugendlichen zu wünschen übriglässt, auch bei den Urdeutschen! Neben den hoch motivierten Lehrlingen, die es auch noch gibt, geben die Firmen heute Vielen eine Chance, die halbwegs klar im Kopf sind. Nachwuchs wird überall dringend gesucht. Und wenn wir nicht viele Lehrlinge, die ursprünglich aus dem Ausland kommen, hätten, wäre das System schon längst zusammen-gebrochen."

„Na, bringen die denn viel, die Syrier, Iraker und Afrikaner? Da habe ich aber schon so viel Schlechtes gehört!

Der Feuerwehrmann meldete Zweifel an, aber trotz unseres Urlaubes konnte ich nicht anders und musste antworten:

„Natürlich gibt es Probleme mit Ausländern, aber die gibt es ja mit Deutschen auch. Nach meinen Erfahrungen sind viele Ausländer hoch motiviert, sie sind meistens nicht so verwöhnt wie die deutschen Kinder. Die Russen können oftmals besser rechnen als deutsche Schüler.

Zwei Schwarzafrikaner zählten mit zu den besten Schülern, die ich je hatte.

Die Liste könnte ich fortsetzen, selbstverständlich gibt es auch Nieten unter Ihnen, aber pauschal kann man hier keine Aussage treffen.

Und unabhängig davon, wir Deutschen könnten ohne Ausländer niemals so gut leben, wie wir es tun! Denke mal an die Leute der Müllabfuhr, die Bandarbeiter oder Leute, die Pakete austragen.

Aber auch in Krankenhäusern, Pflegeeinrichtungen und so weiter würden alle Räder stillstehen, wenn die Ausländer nicht hier sein würden. In der Summe bringen Sie uns auf jeden Fall mehr Vorteile als Nachteile!"

Der Feuerwehrmann lief rot an und sein Gesicht verfinsterte sich zunehmend. Dazu rutschte er auf seinem Stuhl unruhig hin und her.

„Das sehe ich alles anders, das Pack soll doch dort bleiben, wo es herkommt! Das sind doch alles faule Schweine und wir blöden Deutschen bezahlen ihre Sozialhilfe und Rente!"

Susi erwiderte ganz ruhig:

„Auch das stimmt so nicht, etwa ein Viertel der Bevölkerung in Deutschland hat Migrationshintergrund. Etwa 13 Prozent sind in Brot und Arbeit, es stimmt, von Arbeitslosigkeit sind prozentual mehr Ausländer betroffen als Deutsche, aber das hat was mit Bildung zu tun und es gibt sicher noch viele andere Ursachen! Jedoch ist aus wirtschaftlicher Sicht Einwanderung für Deutschland profitabel. Unter dem Strich erwirtschaften sie mehr als sie uns kosten. Und außerdem giert der deutsche Arbeitsmarkt nach

Arbeitskräften! Wir wären dumm, wenn wir das nicht nutzen würden!"

Der Feuerwehrmann kratzte sich am Kopf, er war erbost und aufgeregt.
„Woher weißt du das so genau? Du hast deine Meinung und ich habe meine Meinung!"

Susi blieb ganz ruhig und lächelte ihn an:
„Und das ist auch gut so, das ist ja der Vorteil einer Demokratie, dass wir unterschiedliche Meinungen haben und sie aussprechen dürfen! Nicht umsonst zieht es Menschen aus Diktaturen in unser Land!"

Nach dieser kleinen verbalen Auseinandersetzung war erst einmal Funkstille an unserem Tisch, aber dann änderte sich alles.
Ein Mann, der neben uns alleine an einem Tisch saß, war uns schon seit einigen Tagen aufgefallen. Er muss wohl später als wir angereist sein. Man sah es an seiner noch fehlenden Bräunung. Er hatte eine Eigenart. Er wischte immer erst den Tisch ab, bevor er Platz nahm. Dazu hatte er eine rote Brotbüchse dabei, in der sich ein Wischlappen befand. Manchmal wischte er sogar andere Tische ab, insofern sie frei waren. Außerdem schien es

ihm Spaß zu machen, benutzte Gläser wieder an die Bar zu bringen, denn das machte er nicht nur mit seinen Gläsern, sondern auch mit leeren Gläsern, die auf fremden Tischen standen. Den Barleuten schien das zu gefallen, denn sie nickten ihm immer wieder freundlich zu. Nachdem er wieder mal ein paar Tische abgewischt hatte, kam er zu uns, stellte sich neben unseren Tisch und sprach:

„Entschuldigen Sie, ich wollte ihren Gesprächen nicht lauschen, aber ich saß ja nun genau neben ihnen. Da war das Weghören nicht möglich. Ich will ihnen nur sagen: Das stimmt, ich war mal BVJ-Schüler, also ein Schüler in einer Berufsschule mit einem miserablen Hauptschulabschluss der allgemeinbildenden Schule. Schule ging mir am A. vorbei. Deshalb hatte ich keine Lehrstelle bekommen und war Schüler im Berufsvorbereitungsjahr. Die Lehrer dort haben mich erst einmal so akzeptiert, wie ich war. Die Klassenlehrerin sagte oft zu mir: Wir sind nur deine Trainer, wir können dich aber nur trainieren, wenn DU willst.
Ansonsten kommt nichts dabei raus. Damals war mir das egal, jedoch habe ich später Einiges begriffen, ein afrikanischer Schulkamerad hat mich auf den Weg gebracht. Der war sehr schlau und fleißig, und dann habe ich sogar das Abitur gemacht

und einen Beruf erlernt. Und heute bin ich selbständig."

Susi und ich nickten und ich sagte zu dem Fremden:
„Hier ist noch ein Platz frei, setzen sie sich doch zu uns!"

Ich stellte uns vor: *„Die Dame ist die Susi, der Herr ist der Feuerwehrmann oder einfach FWM und ich bin der Otto Loos oder einfach Olo!"*

Der Fremde war sehr erfreut und sagte:
„Ich bin schon einige Tage hier im Hotel, bin alleinreisend, sitze oft alleine und bin nur manchmal an Paartischen geduldet!"

Susi erwiderte:
„Ja, ja, das kennen wir, Singleurlaub im Familienhotel ist nicht einfach. Wir hier am Tisch sind alle Singles! Aber sag mal, wie heißt du eigentlich?"

„Ich heiße Elias!"

Der Feuerwehrmann wurde aufmerksam und fragte:

„Elias? Das hört sich ziemlich jüdisch an! Sind sie Jude, sind sie aus Israel?"

Elias erwiderte:
„Das ist eine ziemlich komplizierte Geschichte und lässt sich nicht mit drei Worten erklären.
Meine Mutter stammt aus Trier und war eine eingefleischte Sozialistin. Mein Vater stammt allerdings aus Hildburghausen in Thüringen und ist rechter als rechts! Dort hat das „Rechts sein" Tradition. Adolf Hitler war ja eigentlich Ösi, also Österreicher, und wurde damals vom thüringischen Innenminister zum Gendarmeriekommisar von Hildburghausen ernannt. Grund war, dass er damit Beamter und gleichzeitig Deutscher geworden wäre! Allerdings hat das Hitler nicht so gefallen, den Posten als Gendarmeriekommisar hielt er für seine Person nicht angemessen, da er ja zu Höherem berufen war.
Aber egal. Jedenfalls konnte sich meine linke Mutter und mein rechter Vater nicht über meinen Namen einigen und meine Mutter hatte aus Trotz schon Karl Marx ins Gespräch gebracht. Ich glaube, mein Vater hätte mich nach der Geburt totgeschlagen!
Er wollte, dass ich Rudolf heiße, frei nach Hitlers Stellvertreter Rudolf Heß.
Aber ich denke, meine Mutter hätte mich lieber abgetrieben als mich Rudolf zu nennen.

In diesem schwierigen Umfeld habe ich schon im Mutterleib den Ernst der Lage erkannt und bin vorzeitig auf die Welt gekommen, allerdings hat mir das auch nicht viel gebracht, denn meine Mutter brachte nun den Namen Elias ins Spiel, vermutlich aus Trotz, um meinen Vater zu ärgeren. Und zu allem Überfluss bekam ich noch den zweiten Vornamen „Hermann". Laut meinem Vater nicht wegen Hermann Göring, sondern weil mein Großvater väterlicherseits auch Hermann hieß.

So haben sich meine Eltern auf Elias Hermann geeinigt.

Jedoch bin ich weder Jude noch politisch rechts oder links, und ich finde, das ist auch egal. Die Menschen sollen nach ihrer Fasson leben und die anderen Menschen achten. Es gibt schon genug Glaubenskriege auf der Welt und die halte ich schlicht und einfach für sinnlos!"

Nach dieser grandiosen Vorstellung klatschten Susi und ich Beifall, und es war uns eine Ehre, mit Elias anzustoßen. Der FWM hielt sich eher zurück.

Susi grinste und sagte:

„Wenn Hitler Österreicher war, dann würde ihn heute Björn Höcke sicher ausweisen!" Aber Elias,

jetzt sag mal: Wir haben dich in den letzten Tagen unweigerlich beobachtet. Du scheinst sehr reinlich zu sein, wischst Tische ab und bringst Gläser an die Bar. Warum machst du das? Wir haben doch hier all inclusive und außerdem sind die Tische nicht wirklich schmutzig!"

Elias holte tief Luft, es schien ihm peinlich zu sein, dass Susi ihn darauf angesprochen hatte. Nach einer kurzen Denkpause sprach er:

„Ja, ich weiß, das ist außergewöhnlich. Ich bin normal, habe aber einen Tick, einen Reinlichkeitsfimmel. Ich liebe es, sauber zu machen, sauge jeden Abend zuhause meine Wohnung durch und das Wischen macht mir außerordentliche Freude. Es geht dabei nicht wirklich um die Reinheit, nein, mir macht einfach das Saubermachen Spaß! Es ist eine Zwangsstörung, aber ich leide nicht darunter, im Gegenteil, das Reinigen befriedigt mich!"

Susi konnte sich ein Lachen nicht verkneifen und auch der Feuerwehrmann und ich prusteten los.
Wahrscheinlich hatte der Alkohol schon seine Wirkung getan. Elias hatte mit uns gelacht und offensichtlich war er nicht beleidigt. Susi

forschte nun weiter:

„Kann man dich ausleihen? Hast du vielleicht eine Reinigungsfirma?"

Elias feixte breit und seine Antwort überraschte uns alle.

„Nein, ich besitze keine Reinigungsfirma. Ihr seid da komplett auf der falschen Spur. Mein Beruf ist Seelendoktor, also Psychologe. Ich befasse mich mit allen möglichen seelischen Erkrankungen, auch mit Zwangsstörungen. Übrigens gibt es in Deutschland mehr als eine Million Frauen und Männer, die zwanghaft Dinge tun, und manche leiden darunter. Das kann Putzen sein, Händewaschen oder Duschen. Ursache ist panische Angst vor Keimen, Schimmel oder Dreck. Andere kontrollieren in Endlosschleifen, ob der Herd oder das Licht abgeschaltet ist. Andere fühlen sich gezwungen zu zählen, beliebt sind Treppenstufen oder Fenster. Manche Menschen sammeln zwanghaft Dinge wie Zeitungsausschnitte, Bierdeckel oder Anderes. Bei Frauen überwiegt der Putzzwang, bei Männern der Kontrollzwang.

Mein Putzfimmel ist also nicht außergewöhnlich und, weil mir das Putzen Freude bereitet und ich keine Angst vor Keimen habe, belastet mich das nicht. Im Gegenteil, ich habe Spaß dabei! Und ein

Merkmal von Zwangsstörungen ist, dass man etwas zwanghaft tut, was unsinnig ist bzw. was man selbst manchmal als unsinnig empfindet, aber es trotzdem machen muss! Jedoch ist das Abwischen von Tischen oder die Rückgabe von Geschirr ja eine sinnvolle Sache, denn ich entlaste ja das Personal und das mache ich gerne!"

Susi wiederholte sich:
„Aber das musst du doch nicht machen, wir haben hier all inclusive gebucht und es ist doch nicht unsere Aufgabe, das Personal zu entlasten!"

„Prinzipiell hast du recht, das ist nicht unsere Aufgabe. Allerdings, wenn alle Menschen ab und zu mal eine gute Tat vollbringen, wird das Leben für alle schöner. Ich erlaube auch ab und zu einem Autofahrer, der aus einer Seitenstraße kommt, auf die Hauptstraße aufzufahren, verzichte auf meine Vorfahrt. Oder ich lasse Jemanden an der Kasse vor mich, wenn er nur wenige Artikel hat und mein Warenkorb voll ist. Wer Großzügigkeit von Anderen erlebt hat, kann sie eventuell auch weitergeben. Dadurch wird doch unser Leben schöner! Normalität und Zwang sind nicht immer klar trennbar. Merkmal von Zwangsgedanken ist aber, dass die Betroffenen sich ständig mit denselben Gedanken beschäftigten. Fast immer sind diese Gedanken bedrohlich oder quälend. Der Versuch, die

Gedanken zu unterdrücken, bleibt in der Regel erfolglos, zum Beispiel die permanente Angst vor Keimen und Infektionen. Zwangshandlungen oder Zwangsrituale empfinden die Betroffenen nicht als angenehm, sie erfüllen auch keine nützlichen Aufgaben. Betroffene erleben sie oft als Vorbeugung gegen ein sehr unwahrscheinliches Ereignis, das ihnen schaden könnte, zum Beispiel den Zwang, immer wieder die Hände zu waschen wegen der Angst vor Keimen."

Ich musste unweigerlich lächeln und der Feuerwehrmann las die Gedanken in meinen Augen ab, denn ich hatte ihm von meiner Flugangst und meinen Albträumen erzählt. Das machte ich nun auch in dieser Runde und fragte Elias nach seiner Meinung dazu.

„Wenn du nur die Zwangsgedanken in Phasen eines anstehenden Fluges hast und sie dich nicht gar zu sehr belasten, musst du nichts unternehmen. Hilfreich ist, darüber nachzudenken und die Statistik zu Rate zu ziehen. Die Wahrscheinlichkeit, in einen Autounfall auf dem Weg zum Flughafen verwickelt zu werden, ist erheblich höher als bei einem Flugzeugabsturz ums Leben zu kommen. Das musst du dir immer wieder vor Augen halten.

Außerdem bist du doch hierher geflogen, das bedeutet, du hast deine Angst überwunden.
Nicht jedem Menschen gelingt das!"

Der Feuerwehrmann klopfte mir auf die Schultern und sagte:

„Prima, mein Freund, also bist du noch zu retten! Ich habe aber auch eine Manie. Mein Handy muss immer in meiner Nähe und eingeschaltet sein, auch wenn ich im Urlaub bin und sowieso bei einem Brandeinsatz nicht dabei sein kann. Wahrscheinlich ist das auch eine Störung, denn ich weiß, dass es sinnlos ist, aber ich habe diesen inneren Zwang!"

Wir diskutierten noch eine Weile über Zwänge und Ängste. Als Elias wieder mal seinen Putzlappen schwang und uns zum Wischen verließ, fanden wir alle drei, dass Elias eine interessante Person ist, und freuten uns über Zuwachs in unserer Urlaubergruppe. Dass er durch seinen Putzzwang ein bisschen schräg ist, machte ihn noch sympathischer und interessanter. Er kehrte nicht den allwissenden und studierten Psychologen heraus und erschien gut geerdet. Später erzählten wir uns noch einige Witze und lachten über die Gags.

Susi war da besonders herausragend. Unter anderem erzählte sie:

„Ein Mädchen, Tochter eines Bauern, fehlte in der Schule und brachte am nächsten Tag eine handgeschriebene Entschuldigung von ihrer Mutter mit. Auf dem Zettel stand:
Angelique konnte gestern nicht zur Schule kommen. Die Sau wurde geschlachtet."

Wir lachten gemeinsam im Chor über diese Zote, und als wir uns beruhigt hatten, fing der Feuerwehrmann an zu erzählen:

„Ich habe da auch eine wahre Geschichte zu erzählen: Ich fuhr mit dem Bus unserer Stadtlinie. Darin waren Selbstentwerter für die Fahrscheine. Wenn man den Fahrschein in den Schlitz des Gerätes steckt, wird er entwertet.
Ein älteres Pärchen stieg an einer Haltestelle zu, sie setzte sich hin und er, der tatterische alte Herr versuchte vergeblich den Fahrschein in den Schlitz des Selbstentwerters zu stecken, da der Bus immer wieder über Bodenwellen oder durch Kurven fuhr. An einer roten Ampel hielt endlich der Bus und sie rief laut: Steck ihn rein, jetzt steht er!

Die finsteren Gesichter der Fahrgäste erhellten sich und alle grinsten wie Breitmaulaffen.
Dem Opi gelang es nun tatsächlich die Scheine zu entwerten und die Gesichtsfarbe seiner Frau veränderte sich nun von sargweiss auf ziemlich rot."

Nun hatten wir wieder was zu lachen und jeder erzählte noch lustige wahre Begebenheiten. Wir waren alle gut gelaunt und beschlossen einige Weine später noch in die Disco um die Ecke zu gehen. Inzwischen bezeichnete der Feuerwehrmann Elias als *„unseren Juden"*! Das war nicht böse, eher freundschaftlich gemeint, und Elias verstand das auch so und nahm ihm das nicht übel. Wir tanzten als Quartett, wenn Elias nicht gerade mit dem Abwischen oder Abräumen der Tische beschäftigt war. Viele Frauen lächelten ihn an, und der Feuerwehrmann wollte auch angelächelt werden und beschloss es ihm nachzumachen. Nun hatten wir zwei Putzsüchtige und viele interessierte Beobachter des Putzgeschwaders. Besonders die Frauen lächelten unsere beiden Mitstreiter an, als sie im Takt die Putzlappen schwangen. Alkoholgetränkt beschloss ich nun, auch mitzumachen. Nun putzten wir im Takt der Musik. Einem Spanier schien das gut zu gefallen, denn er schloss sich unserem

Putzgeschwader mit einem Schrubber an. Ich fühlte mich wie auf einem Kindergeburtstag, Kinder machen ja oft Dinge, die ihnen gerade in den Kopf kommen, und haben Spaß dabei. Und diesen Spaß hatten wir alle. Susi spielte dabei die Rolle der Erziehungsberechtigten. Wir waren die Stars des Abends und hatten viele Zuschauer. Zwar musste man in der Disco die Getränke bezahlen, wir waren ja außerhalb des Hotels. Trotzdem floss der Alkohol in Strömen, weil jeder eine Runde geben wollte.

Nachdem wir uns ordentlich mit Alkohol hingerichtet hatten, machten wir eine Polonaise. Viele Discobesucher schlossen sich uns an und der Feuerwehrmann, Susi, unser Jude und ich waren in ausgelassener Stimmung.

Fragen über Fragen

Nachdem ich wie ein Toter geschlafen hatte, wurde ich am Morgen durch die warmen Sonnenstrahlen, die durch die Ritzen des dunklen Sonnenschutzes vom Balkonvorhang den Weg ins Zimmer fanden, wach gekitzelt. Mein Schädel brummte leicht vom vielen Alkohol, aber das war ja normal nach so einem Abend. Ich blinzelte durch meine Augen und sah vom Bett aus die aufgehende Sonne und die Palmen.

So döste ich noch ein paar Minuten, bis mich ein lautes Schnarchen unsanft aus meinem Halbschlaf weckte. Als ich meine Augen aufriss, sah ich die Ursache für die Störung. Ich lag am äußersten Rand meines Bettes und der Feuerwehrmann lag sägend neben mir.

Er schien einen ganzen Wald Bäume vernichten zu wollen.

Wenn das die „Grünen" wüssten!

Mich durchfuhr ein Schreck! Mir war zwar der FWM sympathisch, jedoch pflege ich nicht mit Männern ins Bett zu gehen. Außerdem stellte ich fest, dass der Feuerwehrmann sexuell und gentechnisch nicht zu mir passen würde, denn er roch wie eine zwiebelgeschwängerte

Bisamratte. Die nächste Überraschung bot sich mir beim Blick auf den Fußboden. Da lag ein weißer BH. Den konnte der Feuerwehrmann unmöglich getragen haben, aber wem gehörte er? Susi vielleicht? Aber wo war sie? Hatten wir es vielleicht gemeinsam getrieben? Zu zweit oder gar zu dritt? Der Blick unter die Decke beruhigte mich, ich war noch komplett angezogen und der Feuerwehrmann ebenfalls. Er lag auf der Decke und tat etwas für den Klimawandel, indem er sägte und sägte.

Ich stand auf und obwohl ich das leise machte, wachte der Feuerwehrmann auf, er schaute mich fragend an und ich zuckte mit den Schultern.
Der Feuerwehrmann grinste und nun fingen wir an zu lachen. Das entspannte die komische Situation. Der Feuerwehrmann sagte:
„Da haben wir es wohl gestern übertrieben!"
Ich antwortete: *„Ja, sieht ganz danach aus, aber scheißegal, es war ein schöner Abend und wir leben doch nur einmal! Wir haben schön in der Disco getanzt, es hat Spaß gemacht."*
Der Feuerwehrmann stand sprunghaft auf und ging zur Toilette. Als er dort verschwunden war, lief vor meinem geistigen Auge ein Teil

des gestrigen Abends wieder ab. Der Feuerwehrmann hatte seltsame Dinge gesagt, mir fiel der abgetrennte Kopf ein, von dem er erzählt hatte. Ich hatte nur noch Bruchstücke seiner Erzählung im Kopf, aber er hatte von seiner Freundin Anna, ihrem Mann und einer Katastrophe gesprochen. Auch von Mord sprach er. Ich sah wieder den auf dem Fußboden liegenden BH und mir schauderte es. Wo ist Susi? Sie muss ja hier in meinem Zimmer gewesen sein! War sie etwa noch hier? Ich sprang aus dem Bett und riss die Schranktüre auf, aber da waren nur meine Anziehsachen, auch unter dem Bett war niemand. Vielleicht auf dem Balkon? Aber auch hier – Fehlanzeige! Ist sie vielleicht auf der Toilette? Vielleicht mit abgetrenntem Kopf? Mir lief ein Schauer über den Rücken! Und wenn jetzt der Feuerwehrmann aus der Toilette kommt und mich auch noch umbringt? Panische Angst ergriff mich! Ist das eine übertriebene Angststörung? Aber dann hörte ich schallendes Gelächter aus der Toilette, der Feuerwehrmann rief mir mit fröhlicher Stimme zu:

„Das war gestern alles verrückt, aber es war trotzdem schön! Und außerdem, kein Alkohol ist auch keine Lösung!"

Das war nicht die Stimme eines Mörders, im Gegenteil, sie klang ganz locker und entspannt. Mein Puls beruhigte sich langsam und als der Feuerwehrmann wieder die Toilette verließ, fragte ich ihn:

„Sag mal, du hast da gestern komische Dinge erzählt, das mit dem abgetrennten Kopf, ist das wahr?"

Er lief rot an, offensichtlich wusste er nichts mehr davon, was er erzählt hatte.
Er antwortete nicht, schüttelte nur seinen Kopf, schaute dann starr an die Wand und schwieg. Nach einer Weile sagte er:

„Ich erzähle dir alles, aber nicht jetzt, jetzt ist nicht der richtige Zeitpunkt."

„Und wo ist Susi?"

Er sah auf den BH auf dem Fußboden und antwortete:

„Ich habe nicht die geringste Ahnung, jedenfalls war sie gestern Abend noch mit hier auf dem Zimmer. Du warst gestern rattenvoll, Susi, Elias

und ich haben dich auf dein Zimmer gebracht, damit du dich nicht verläufst und in den Pool stürzt oder dir die Zähne an der Marmortreppe der Hotellobby einschlägst. Wir haben dich auf das Bett gelegt, aber leider habe ich auch einen Filmriss, ab da fehlt mir ein Kapitel! Susi und Elias werden gestern sicher noch in ihre Zimmer gegangen sein, und das werde ich jetzt auch tun! Vielleicht hatten sie ja auch Spaß miteinander? Ich gehe da jetzt auch hin, meine, ich gehe auf mein Zimmer!"

Nach diesen Worten rief er noch:

„See you later alligator."

Und dann hörte ich ihn auf dem Flur ein Lied pfeifen.

Ich war wohl gestern ziemlich betrunken, an die Begleitung auf mein Zimmer konnte ich mich nicht erinnern, aber an seine Geschichte mit dem abgetrennten Kopf erinnerte ich mich. Seine Worte: „Das war Mord, eindeutig Mord, aber ich kann doch nichts dazu", kamen in mein Gedächtnis zurück. Dann war er in Tränen ausgebrochen und er und Elias hatten sich umarmt. Und dann sind wir wohl im Suff gemeinsam in mein Zimmer gegangen, um uns den notwendigen Schlaf zu holen. Aber diese

Erinnerung ist wohl ein Opfer des Alkohols geworden, es ist nur eine Vermutung.

Mir schwante, da war was dran, an dieser Geschichte mit dem Mord, und das erklärte auch die Stimmungsschwankungen des Feuerwehrmannes.

Trotzdem hatte ich im Grunde genommen keine Angstgefühle vor ihm, nein, im Gegenteil, er erschien mir als guter Mensch, sehr fragil und hilfebedürftig. Sein Geheimnis belastete ihn offensichtlich ziemlich sehr.

Aber es war wohl nicht der richtige Zeitpunkt gekommen, um ihn auszufragen oder ihm helfen zu wollen.

Der plötzliche Kindstod

Nach dem gestrigen, sehr feuchten Abend hatte ich großen Hunger und begab mich zur Raubtierfütterung der Urlauber. Weder den Feuerwehrmann noch Susi bekam ich zu Gesicht. Lediglich Hitler saß wie jeden Morgen mit seiner hübschen Frau auf der Terrasse. Der Kaffee und das Omelett schmeckten und taten gut, und nach dem

Frühstück war ich total müde. So ging ich auf mein Zimmer, räumte etwas auf, vor allem Susis BH lag mir am Herzen. Ich versteckte ihn vor dem Zimmermädchen im Schrank, ich wollte nicht, dass sie falsch von mir denkt. Anschließend packte ich meine Strandtasche und begab mich auf kürzestem Weg zu meiner Liege am Strand, um meinen Rausch auszuschlafen.

Ich muss wohl sehr geschnarcht haben, im Halbschlaf hörte ich ein Kind zu seiner Mama rufen: *„Hör mal, da brummt ein Bär!"* Dieser Ruf war mein Weckruf, und als ich die Augen aufriss sah ich einige missbilligende Blicke verstörter, ruhesuchender Urlauber. Das war mir peinlich, deshalb stürzte ich mich in die Meeresfluten und badete mit Genuss.

Am Mittag ging ich wie immer auf die Terrasse des Speisesaales, sucht mir einen schattigen Platz und bediente mich am Büfett. Wieder saß ich alleine zum Essen, von Susi oder dem Feuerwehrmann keine Spur.

Langsam machte ich mir Gedanken um Susi, gewöhnlich lag sie am Pool, aber heute hatte ich sie noch nicht gesehen. Ich dehnte das Essen aus, blieb länger als gewöhnlich sitzen, aber es war umsonst. Also drehte ich eine Runde in der

Hotelanlage und suchte sie am Pool, jedoch lag sie heute nicht auf ihrem Stammplatz und meine Suche blieb erfolglos. So ging ich wieder zum Strand, legte mich unter den Schirm auf meine Liege und wollte weiter den versäumten Schlaf nachholen. Das schrille Geschrei eines Terroristen in Form eines sächsischen Kindes hinderte mich allerdings daran. Dieser Junge terrorisierte seine Eltern und die Urlauber in seiner Nähe, indem er immer wieder mit seiner Schippe Sand auf die Liegen der Eltern oder anderer Urlauber rieseln ließ und dabei schrie: *„Es regnet! Es regnet!"* Sein Vater forderte ihn genervt auf, er soll das doch bitte sein lassen, jedoch hat er diese Aufforderung eher sanft und weich ausgesprochen und diesem Buben namens Ashley schien das so ziemlich egal zu sein. Die Mutter lachte nur dümmlich und erwiderte: *„Ach lass ihn doch, er ist doch sooo süß und spielt doch nur schön!"*

Dass das die anderen Urlauber nicht so amüsant fanden, sah man an ihren Blicken. Jedoch interessierte das seine Mutter herzlich wenig. Die Erholungssuchenden hatten wohl keinen Bock auf eine Auseinandersetzung und ertrugen das Sandrieselspiel mit Gleichmütigkeit und niemand regte sich auf. Nur eine Frau in meiner Nähe sagte leise zu ihrem Mann: *„Dieser Ashley geht mir voll auf den Zeiger. Der wurde wahrscheinlich im Suff gezeugt, auf dem Auto der Eltern steht garantiert: "Ashley fährt mit!" Und die Eltern sind chronisch überfordert und zu blöd, das Kind zu erziehen."*

Ihr Mann lachte und sagte:

„Tja, leider ist das heute ziemlich häufig so, die Wänster kriegen von Geburt an Zucker in den Arsch geblasen und die Welt dreht sich nur um sie.

Auch in der Schule sagt ihnen kein Lehrer, dass sie blöd sind, man formuliert das eher eleganter: "Ashley ist noch entwicklungsfähig!" Und später werden diese Ashleys Reichsbürger, Fremdenhasser oder Querdenker, Hauptsache sie sind anders als die normalen Bürger und fordern Rechte ein, Pflichten kennen sie ja nicht!"

Die Frau nickte zustimmend und ein neben ihr liegender Touri sagte:

"Zwar kann man das sicher nicht grundsätzlich sagen, aber irgendwie haben sie ja leider recht!"

Ashley und seine Familie bekamen allerdings von diesem Gespräch nichts mit und ich dachte an die Vorteile des plötzlichen Kindstodes.

Im selben Moment musste ich allerdings über meine Gedanken lachen und widmete mich meinem Buch.

Am Abend traf ich auf meinem Stammplatz den Feuerwehrmann zum gemeinsamen Essen, allerdings war Susi nicht anwesend. Auch unser Jude war spurlos verschwunden. Ich machte mir über ihr Fernbleiben Gedanken, jedoch beschwichtigte mich der Feuerwehrmann und sagte: *„Mach dich nicht verrückt, die werden schon noch kommen, spätestens nachher an der Bar treffen wir sie! Dort ist übrigens heute Abend Livemusik!"*

Nach dem Essen suchten wir uns dort einen angenehmen Platz mit Blick auf die Bühne. Für Susi und Elias hielten wir Plätze frei.
Die Band war gut und spielte gemischte Rock-Pop- und Schlagermusik, manche Urlauber tanzten sogar. Auf alkoholische Getränke hatten wir beide keinen Appetit und so blieben wir an diesem Abend fast alkoholfrei. Susi und Elias erschienen leider nicht, und als ich den Feuerwehrmann fragte:
„Ihnen wird doch nichts passiert sein?",

antwortete er nur lapidar:
„Sicher nicht, die werden heute ihren Rausch ausschlafen! Vielleicht sind sie auch seit gestern

zusammen? Man weiß ja nie! Morgen sind sie sicher wieder dabei!"

Susi bleibt verschollen

Am nächsten Tag passierte nichts Spektakuläres, allerdings war Susi immer noch wie vom Erdboden verschluckt. Ich machte mir Sorgen.

Als ich am Abend dem Feuerwehr-mann von meinen Sorgen erzählte, versuchte er mich zu beschwichtigen. Inzwischen war mir Einiges durch den Kopf gegangen, hatte er vielleicht mit Susis Verschwinden zu tun? Mördern sieht man das nicht an und auch der nette Nachbar von Nebenan kann eine dunkle Seite haben. Jedenfalls schien es den Feuerwehrmann nicht zu berühren, dass unsere Freundin verschwunden war.

Wir saßen wieder an der Bar und klönten. Aber als ich auf der Toilette war, kam mir eine Idee! Obwohl ich nicht besonders hoffnungsvoll war, dass ich Susis Zimmernummer an der Rezeption erfragen könnte, versuchte ich es und bat den Rezeptionisten bezüglich der Zimmernummer von Susi um Auskunft.

Da ich allerdings nur ihren Vornamen nennen konnte, bekam ich keine Auskunft. Auch das Bild von uns mit dem Feuerwehrmann, Susi und mir half mir da nicht weiter. Wahrscheinlich hätte ich die Auskunft auch nicht bekommen, wenn ich ihren vollen Namen gekannt hätte.

Ohne Erfolg ging ich wieder zum Feuerwehrmann und wir hielten Smalltalks, allerdings gingen mir Susi und Elias nicht aus dem Kopf. Das gleichgültige Verhalten des Feuerwehrmannes war mir Suspekt.

Trotzdem konnte ich ihn dazu bewegen, dass wir unsere Telefonnummern austauschten und morgen gemeinsam nach Susi suchen würden, falls sie nicht wieder auftaucht.

Mode und die Aussteigerin

Ich schlief miserabel, träumte wieder meinen persönlichen Albtraum vom Flugzeugabsturz, aber auch von Susi und davon, dass sie verschleppt und als Geißel eingesperrt ist. In den Wachphasen überlegte ich mir allerdings, dass die kanarischen Inseln zu Spanien gehören und es hier gesittet zugeht. Und dass hier keine Menschen aus politischen Gründen entführt werden. Aber trotzdem, Verbrechen gibt es überall auf der Welt und besonders in Urlaubsgebieten, wo die Touristen viel Geld am Mann haben könnten, gibt es auch diejenigen, die es ihnen abjagen könnten.

Endlich, die Nacht war nun vorbei und ich freute mich auf den Kaffee. Ich hoffte meine Urlaubsbekannten beim Frühstück zu treffen, aber Susi und Elias waren allerdings immer noch wie vom Erdboden verschwunden. Auch der Feuerwehrmann war nirgends zu sehen.
Nach dem Frühstück drehte ich meine Runden in der Hotelanlage, immer noch in der Hoffnung, Susi zu treffen. Um sie vielleicht

doch zu erwischen, legte ich mich an den Pool an Susis Lieblingsplatz, obwohl ich das Meer lieber mag. So lag ich nun und träumte vor mich hin.

Aufmerksam wurde ich aber, als die Mitarbeiterinnen eines Modegeschäftes mehrere prall mit Badewäsche, Strandkleidern und anderen Konfektionswaren gefüllte Kleiderständer an den Pool fuhren, um ihre Ware zu verkaufen.

Nachdem alles am vorgesehenen Platz war, ertönte gängige Musik aus einer Lautsprecherbox und Models mit Traumfiguren, perfekt gestyltem Haar und auffällig geschminkt, tänzelten um den Pool, um den Touris die Kleider vorzuführen.

Unter anderem trug ein Model einen Mantel mit Dalmatinermuster in schwarz-weiß. Das sah gut aus. Auch die Models mit den quer gestreiften Kleidern oder die mit dem Badeanzug im Leopard-Look sahen sexy aus.

Nun war die Modenschau vorbei und einige Interessentinnen zeigten Interesse und gingen zu den Verkäuferinnen, um die Klamotten ihrer Wahl anzuprobieren.

Ich musste an mich halten, um nicht laut los zu prusten, eine sehr beleibte Frau probierte tatsächlich den Dalmatinermantel an. Sie ähnelte mit ihrem kurzen Hals, den großen Brüsten und dem dicken Bauch in diesem Mantel einer trächtigen Kuh. Die Verkäuferin nickte ihr wohlwollend zu, und als die dicke Frau im Kuhkostüm ihren Mann um seine Meinung fragte, sagte der nur:

„Ich habe Urlaub, mach was du willst!"

Nach diesen aufmunternden Worten kaufte diese Frau tatsächlich das gute Stück. Aber auch der Leoparden-Bikini und die quer gestreiften Pullover fanden Trägerinnen, die dadurch ihre Körperfülle betonten. So manche Urlauber grinsten gemeinsam mit mir bei dieser Live-Show, in der die Touristinnen die „Stars" waren, die ein Händchen dafür hatten, sich so zu kleiden, dass ihre Fettleibigkeit betont wurde. Karl Lagerfeld würde sich im Grab rumdrehen!

Mode für Männer wurde bei dieser Verkaufsveranstaltung nicht angeboten, aber vermutlich wäre da auch kaum etwas verkauft worden, da Männer oft nicht so modebewusst wie Frauen sind.

Die Kuhkostümfrau begab sich nun zu ihrer Liege, die in unmittelbarer Nähe zu meiner stand.

Das Kuhkostüm verstaute sie in ihrer Tragetasche und ließ sich dann auf die Liege plumpsen. Nun nahm sie ihre Zeitschrift zur Hand.

Auf dem Titelblatt stand unter anderem:

„Abnehmen ohne Sport und ohne weniger essen"

Ich fand, diese Überschrift ist ein sehr interessanter Slogan, der aber entweder nicht funktioniert oder gesundheitlich bedenklich ist, wenn man sein Übergewicht mit Chemie bekämpfen möchte.

Nun war mein Interesse geweckt und da man als Urlauber Zeit hat, drehte ich spaßeshalber eine Runde um den Pool, um die Leute zu beobachten.

Da gab es noch andere Überschriften auf Zeitschriften wie: *"Bluthochdruck?"*

Oder *"Potenzprobleme?"*

Wenn der Leser bisher keine gesundheitlichen Probleme hatte, werden ihm nun seine Defizite vor Augen geführt. Scheinbar verkaufen sich diese Mittelchen aller Art ziemlich gut, denn die Inserate in Zeitschriften sind garantiert nicht kostenlos!

Inzwischen war es schon Mittag und Susi war immer noch nicht aufgetaucht.

Jedoch lief nun der Feuerwehrmann an meiner Liege vorbei und wir vereinbarten, dass wir uns in ein paar Minuten auf der Terrasse zum gemeinsamen Mittagessen treffen. Danach wollten wir nach dem Verbleib von Susi forschen.

Das Essen war bestens und danach kam die Suche nach Susi. Aber wo anfangen?

Wir gingen wieder zum Pool, zu der Stelle, an der Susi gewöhnlich ihren Tag verbrachte, und fragten die Urlauber, ob sie etwas über ihren Verbleib wüssten.

Das Foto von uns Dreien erwies sich als hilfreich, denn zwei Paare bestätigten uns, dass sie Susi zwar vom Sehen kannten, allerdings schon einige Tage nicht mehr zu Gesicht bekommen hätten. Allerdings konnte uns niemand etwas zu ihrer Zimmernummer sagen.

Der Feuerwehrmann und ich waren uns aber einig, dass sie sicher nicht tot in ihrem Zimmer liegt, das Zimmermädchen hätte in dem Fall Alarm geschlagen.

Unser nächstes Ziel war ein Straßenmusiker an der Strandpromenade. Der war dort immer anzutreffen und spielte mit der Gitarre verschiedenste Lieder und sang dazu.

Als wir bei ihm ankamen sang er gerade ein Liebeslied und nach dem Ende des Liedes ging ich zu ihm und warf ihm 2€ in den Hut. Er bedankte sich nickend und wollte schon wieder das nächste Lied anstimmen, da rief ich:
„Bitte einen Moment!"

Er schien mich zu verstehen und fragte:
„ How can I help you?"

Ich antwortete stotternd:
„I am looking for a woman!"

Der Musiker grinste mich an und der Feuerwehrmann flüsterte mir zu:
„Der denkt, du suchst eine Frau zum Bumsen!"

Beim Wort „Bumsen" wurde das Grinsen des Musikers zu einem wissenden Lächeln. Er schien dieses Wort zu verstehen, jedoch bevor

er mir Tipps zu der Szene in der Stadt nennen konnte, rief ich: *„No, no…….not bumsen!"*
Ich hatte das wohl zu laut gesagt, denn einige Touris hatten das auch gehört, denn nun waren viele Blicke auf uns gerichtet. Mein Ruf war hier versaut, aber das war mir egal. Ich zückte mein Handy und zeigte dem Musiker das Foto von Susi und uns und fragte ihn:
„Do you know this woman?"

Er schaute es sich lange an, aber dann schüttelte er mit dem Kopf. Der Feuerwehrmann sagte:
„Das war wohl nichts!"

Jedoch, als wir schon wieder ein paar Schritte in Richtung des Hotels liefen, rief der Musiker uns nach:
„Hello, hello, I think, I can help you!"

Ich drehte mich um und mit einem Satz stand ich wieder vor ihm.
Er sah auf seinen Hut mit dem Geld und ich verstand. Ich warf ihm einen 5-Euro-Schein hinein, aber er lächelte mich nur an, also nahm ich jetzt einen Zwanziger in die Hand und das schien ihm schon besser zu gefallen, denn nun fing er an zu reden.
„I saw this woman!"

Der Feuerwehrmann übersetzte ungefragt:
„Er hat sie gesehen!"

„When and where was this?"

„Yesterday, on the beach!"
Der Feuerwehrmann war nun doch aufgeregt und rief:
„Also gestern am Strand! Aber wo am Strand?"

Der Musiker verstand das offensichtlich und antwortete auf Deutsch:
„Wenn du mir einen 50ger gibst, führe ich euch zu ihr!"
Natürlich war mir das einen 50ger wert, und nach Erhalt nahm er sofort seine Gitarre, verstaute sie im Gitarrenkoffer und sagte:
„Kommen Sie mit!"

Der Feuerwehrmann und ich ließen uns das nicht zweimal sagen und folgten ihm.
Er ging aber nicht zum Strand, sondern erst einmal entlang der Promenade. Der FWM zweifelte an der Ehrlichkeit des Musikers und sagte leise zu mir:
„Wenn der uns verarscht gibt's eins auf die Glocke!"

Der Musiker hatte ein gutes Gehör und verstand wohl auch den Sinn dieser Worte, denn er antwortete:

„Nicht verarscht, ich führe dich zu der Frau!"

Und tatsächlich, am Ende der Promenade gingen wir hinunter zum Strand und liefen über die Felsen entlang der Steilküste zu einer Stelle, an der eine wunderschöne Bucht war, frei von jeglichen Menschen. Als wir um einen Felsen herumliefen, sahen wir in ca. 200m Entfernung eine Höhle. Und tatsächlich, da war sie, Susi saß vor dem Eingang dieser Höhle. Der Musiker sagte:

„Da ist die Frau! Ist das ok?"

Ich rief voller Freude:

„Yes, das ist okay, er hat doch Wort gehalten! Thank you! Vielen Dank!"

So ließen wir den Musiker stehen und beschleunigten unsere Schritte in Richtung Susi.

Doch als wir uns ihr näherten, merkten wir unseren Irrtum. Zwar sah diese Frau Susi zum Verwechseln ähnlich, aber es war wohl eine Aussteigerin, die in dieser Höhle lebte. Als wir uns ihr trotzdem näherten, rannte sie in die Höhle und kam mit einem Klappmesser zurück. Ich rief ihr zu: *„Keine Angst, wir haben nur eine Frage an sie!"*

Sie ließ das Messer langsam sinken und rief aus sicherer Entfernung:

„Was wollt ihr?"

Offensichtlich war sie eine Deutsche, jedenfalls sprach sie perfekt Deutsch. Der Feuerwehrmann antwortete:

„Wir suchen eine Frau, eine Bekannte, vielleicht haben sie sie gesehen und können uns weiter helfen?"

Wir zeigten ihr das Bild, aber sie konnte uns nicht weiterhelfen. Trotzdem war sie nun freundlich und erzählte uns, dass sie eine Aussteigerin sei und minimalistisch hier lebt.

Sie brauche nicht den deutschen Konsum und wäre so viel glücklicher. Allerdings blieb die Frage offen, wovon sie sich ernährt.

Wir bedankten uns bei ihr und der Feuerwehrmann sagte zu mir:

„Das bringt jetzt nichts, war wohl ein Irrtum! Der Musiker hat uns reingelegt! Lass uns den Rückzug antreten!"

Ich nickte nur und wir gingen wieder zurück in Richtung Stadt.

Trotzdem: *„Er hat uns nicht reingelegt, denn aus der Ferne sieht diese Frau der Susi ziemlich ähnlich! Woher sollte er denn wissen, dass das nicht Susi ist!"* Der Feuerwehrmann nickte nur, und dann begannen wir ein Gespräch über den Lebensstil dieser Frau.

Sie hatte weder Ziegen, Kühe noch Felder. Also muss sie ja doch die Errungenschaften der Zivilisation nutzen, denn irgendwie muss sie sich ja versorgen! Der Feuerwehrmann und ich waren uns darüber einig, dass sie auf irgendeine Art und Weise als Parasit leben muss, denn sie kann nicht das Wasser aus dem Meer trinken und sich nicht von Kakteen ernähren. Entweder klaut sie oder sie kennt All- inclusive- Hotels wo sie schnorren kann.

Inzwischen war es Abend geworden, aber an unserem Tisch an der Bar saßen nur der Feuerwehrmann und ich. Weder Susi noch Elias waren aufgetaucht. Als ich mit dem Feuerwehrmann das Tagesende mit einem Glas Rotwein in der Hand begrüßte, waren die Sorgen zwar nicht weg, aber wir beschlossen, für heute nicht mehr nach den beiden zu suchen. Nach einem Smalltalk mit anderen Urlaubern bat ich den Feuerwehrmann nach der Fortsetzung seiner Liebesgeschichte. Ich hoffte, mehr über den Mord zu erfahren, von dem er im Suff erzählt hatte. Dieses Mal war er wieder im Quasselmodus und ich hörte gespannt zu.

Ehekrieg

„Nun, der Ehekrieg zwischen meiner geliebten Anna und ihrem Mann wurde immer bizarrer.

Sie stellten sich gegenseitig Fallen und freuten sich darüber, wenn dem Anderen etwas Unangenehmes passierte. Anna stellte immer wieder fest, dass in ihren Kleidungsstücken kleine Löcher waren, sie dachte, dass vielleicht bösartige Motten über ihre Kleidung hergefallen sind.

Da das allerdings vorwiegend ihre Lieblingskleider und Jacken betraf, wurde sie stutzig. Die Sachen, die sie nicht so gerne mochte, waren nicht betroffen.

Da wurde sie wach und hatte einen Verdacht, der sich dann bestätigte. Als sie einmal in der Badewanne saß, ließ sie entgegen ihrer Gewohnheit die Tür leicht offen und hörte leise Radio.

Allerdings hörte sie auch besonders darauf, was ihr Mann machte, und so bemerkte sie, dass er an der Badezimmertür vorbei in das Schlafzimmer schlich, in dem die Kleiderschränke stehen. Dummerweise quietschen die Schranktüren beim Öffnen oder Schließen ordentlich, und das Quietschen ihrer Schranktüren kannte sie genau. Jedenfalls stieg sie, als sie das Quietschen vernahm, leise aus der Wanne, warf sich ein Badetuch um und ging in das

Schlafzimmer. Ihr Mann hatte gerade eine ihrer Hosen auf dem Arm und bohrte mit dem Akkuschrauber und einem kleinen Bohrer ein Loch in den Stoff. Als Anna rief: „Was machst du denn da?", ließ er die Hose fallen und stotterte: „Ich wollte die quietschenden Türen reparieren."

Natürlich war das gelogen! Anna wusste, dass Diskutieren jetzt unsinnig war, er wurde dann gewöhnlich laut und machte ihr Vorwürfe der übelsten Art und beleidigte sie. Sie sagte nur: „Lass das, ich kümmere mich selbst um meine Schranktüre!", und ging wieder in die Wanne. Tatsächlich baute Anna dann Vorhängeschlösser an ihre Schranktüren, das sah zwar klobig und unästhetisch aus, aber verfehlte seine Wirkung nicht. Seitdem gab es keine Löcher mehr in ihren Klamotten."

Ich schüttelte nur ungläubig den Kopf und erwiderte:
„Dem hätte ich seinen Schrank angezündet oder ihm Gift ins Essen gemischt!"

Der Feuerwehrmann nahm wieder einen Schluck aus seinem Glas und fuhr fort:
„Das hat sie zwar nicht gemacht, aber sie hat sich anders gerächt. Und das war ziemlich schmerzhaft!

Sie hat den Inhalt seiner Tube mit Hämorrhoiden-Salbe ins Klo entleert und extra starke Rheumasalbe gekauft und sie in die leere Tube gedrückt.

Der Erfolg war durschlagend, er muss fürchterlich gelitten haben und hat sich dann am Folgetag mit dem Apotheker angelegt, bei dem er die Salbe gekauft hatte.

Anna war jedenfalls glücklich über seine Schmerzen und ließ sich aber nichts anmerken, sie sagte ihm nur, er solle sich nicht so wegen der Hämorrhoiden anstellen. Ob er Anna als Urheber gesehen hat, wusste sie nicht, aber der eheliche Krieg ging weiter."

Trotz der lustig- traurigen Geschichten des Feuerwehrmannes über die Frau seiner Träume wollte keine gute Stimmung aufkommen. Aber dann änderte sich alles.

Wie aus dem Nichts gekommen stand Elias vor unserem Tisch.

Wir sprangen beide auf und nahmen unseren Juden in die Arme und dann musste er natürlich erzählen.

Elias Rückkehr

Elli begann zu berichten: *„Ich habe seit unserem gemeinsamen Discobesuch einige absolut verrückte Dinge erlebt. Als wir dich, Olo, in dein Zimmer gebracht haben, war ich selbst total betrunken und hatte einen Filmriss, aber Einiges weiß ich noch.*

Ich war in deinem Bad und habe mich ausgezogen, aber mein Schlafanzug war nicht dort, wo er hingehört. Außerdem benutze ich ein anderes Rasierwasser als das, was auf dem Waschtisch stand. Nun wurde mir klar, dass da was nicht stimmt. Deshalb habe ich in das Hotelzimmer geschaut und sah euch zwei sturzbetrunkene Boys auf dem Bett liegen. Da wurde mir klar: Das ist nicht mein Zimmer. Also bin ich wieder in das Bad getänzelt und habe mich angezogen.

Dann habe ich ordentlich „Auf Wiedersehen" gerufen, aber Niemand hat mir geantwortet.

Also bin ich zu meinem Zimmer geschwankt.

Alles prima, die Magnetkarte hat auf Anhieb gepasst und ich konnte meine Zimmertüre aufschließen.

Allerdings habe ich dann einen Fehler gemacht, denn ich sprang mit einem gewaltigen Köpfer auf mein Bett, ohne das Licht anzuknipsen.

Allerdings war leider das Zimmer nicht mein Schlafzimmer zu Hause, und das Bett stand nicht in der Ecke, wo ich es vermutet hatte. Also landete ich mit dem Kopf vor der Wand und dann unsanft auf dem Fußboden. Ich muss wohl einige Zeit dort gelegen haben, denn als ich zu Bewusstsein kam war mein Kopf blutig und dazu hatte ich auch einige Prellungen. Jetzt wurde ich schlagartig nüchtern, jedenfalls hatte ich das Gefühl. Ich rief in der Rezeption an und erklärte der deutsch- sprechenden Rezeptionistin, dass ich einen Arzt benötige.

Es muss wohl tiefste Nacht gewesen sein, denn der Himmel war noch tiefschwarz.

Nach einiger Zeit klopfte es an meiner Zimmertür, und als ich öffnete, kamen drei spanische Notfallmediziner in mein Zimmer. Sie fragten mich: „What happened", also was ist passiert?

Ich war noch etwas vom Alkohol und meinem Hopser vor die Wand umnebelt und so richtig wusste ich selbst nichts über das Geschehene. Die Ärzte legten mir einen Kopfverband an und entschlossen sich dazu, mich in das Hospital mitzunehmen. Sie erklärten mir das auf Spanisch und ein bisschen Englisch. Ich verstand den Sinn, als der Arzt sagte: „We come back in five minutes and then you have to go to the hospital!"

Mir war klar, was das bedeutet, also ging ich ins Bad und wusch mir das Gesicht und anschließend packte ich schnell ein paar Wechselklamotten und mein Kosmetiktäschchen zusammen.

Kaum war ich fertig, waren die Kerle wieder da.

Jetzt waren sie zu viert und sie brachten eine Trage mit. Ich wollte zwar laufen, aber das ließen sie nicht zu. Und so lag ich im Handumdrehen auf der Trage. Allerdings war ich deshalb auch nicht böse, denn mir war durch meinen Sprung gegen die Wand doch ein wenig schummrig. Ich muss dann wohl eingedöst sein, bekam nur mit, dass ich dann in einem Krankenwagen lag. Ich ergab mich meinem Schicksal und hoffte auf die Erfahrung der spanischen Mediziner und dass ich in guten Händen sei.

Allerdings war dieser Tag wohl nicht mein Tag und meine Pechsträhne hatte schon wieder neue Ideen, wie sie mich schikanieren könnte.

Jedenfalls lag ich im Krankenwagen auf der Pritsche, war festgeschnallt und döste während der Fahrt vor mich hin.

Zwei Mediziner saßen wohl im vorderen Teil des Wagens und ich lag alleine hinten auf der Pritsche.

Mit einem lauten Knall und Ruck wurde ich jäh aus meinen Träumen gerissen. Ursache war ein Unfall, ein Zusammenstoß mit einem anderen Wagen.

Gott sei Dank habe ich dieses Mal Glück gehabt und keine weiteren Verletzungen davongetragen. Da sich niemand um mich kümmerte und ich nur noch das Zischen des kaputten Motorkühlers hörte, löste ich meine Fesselung und stieg hinten aus dem Krankenwagen.

Nun sah ich die Bescherung, unser Auto war mit einem Polizeiwagen zusammengestoßen.

Die Mediziner saßen wie betäubt im Wagen, aber sie lebten, und im Auto gegenüber sah es auch nicht anders aus. Zwei Polizisten saßen vorne im Wagen und waren auch betäubt, und der dritte Polizist kletterte über die Vordersitze nach vorne und stieg aus dem Wagen.

Ehe ich weiter nachdenken konnte, kam auch schon ein weiterer Krankenwagen und die neu angekommenen Mediziner kümmerten sich um ihre Kollegen und die Polizisten.

Nun nahm mich der dritte Polizist mit einem Ruck an die Hand und sagte in gebrochenem Deutsch: „Du müssen sofort in Hospital!" Er zerrte mich in Richtung des neu angekommenen Krankenwagens, und ehe ich mich versah, saß ich auf dem Beifahrersitz und der Polizist saß am Lenkrad und fuhr los. Die Mediziner winkten uns zum Abschied zu.

Mit hoher Geschwindigkeit fuhren wir in Richtung Arrecife. Komisch war, dass der Polizist unterwegs während der Fahrt seine Fensterscheibe herunterkurbelte und seine Polizistenmütze aus dem Fenster warf. Auch trug sein grauer Anzug nirgends die Aufschrift -policía-. Seltsam, seltsam!

Das kam mir ziemlich spanisch vor! Aber, andere Länder, andere Sitten, vielleicht war er ja auch nur ein Polizeihelfer.

Als wir in Arrecife ankamen, bremste der Polizist stark und nach dem Halten wies er mir, heftig gestikuliernd auszusteigen: Er zeigte mit dem Finger in Richtung einer abbiegenden Straße und sagte: „Dort Hospital, du hingehen!" Ungläubig stieg ich aus dem Wagen und mit quietschenden Rädern fuhr der Polizist davon.

Nun ging ich in Richtung des Hospitals, aber das war wohl nichts. Der Polizist hatte mich veralbert. Ich stand nun alleine und leicht fröstelnd mit meinem gepackten Täschchen und dem Kosmetikkoffer in einer Fußgängerzone in Arrecife und fühlte mich ziemlich alleine gelassen, obwohl viele Leute in der Nacht unterwegs waren. Mein Kopf brummte und das Geschehene kam mir vor wie in einem schlechten Traum.

Ich blickte suchend um mich und das bekam ein Mann mit. Er war mit vielen Goldkettchen behangen und ging nun breit lächelnd auf mich zu. Er sprach mich freundlich an: „Du willst Frau?"

In meiner Verwirrtheit nickte ich und sagte:

„Ja, Krankenschwester."

Der freundliche Mann sagte: „Komm mit, ich bringe dich zu Schwester, ist nicht weit!" In Vorfreude, dass ich nun bald im Krankenhaus wäre und dort etwas gegen meine Kopfschmerzen gemacht würde, folgte ich dem Mann.

Nach wenigen Minuten waren wir an einem Haus angelangt, das zwar nicht wie ein Krankenhaus aussah, aber in den Fenstern leuchteten viele rote Lichter. Mir war jetzt klar: Es ist nicht so wie in Deutschland, aber -Das Deutsche Rote Kreuz- hat ja auch ein rotes Kreuz.

Der Mann betätigte die Klingel des Hauses und sprach über die Sprechanlage mit einer Frau auf Spanisch. Der Türsummer gab die Tür frei und ehe ich mich versah war ich im Haus und stand in einem kleinen Raum. Nach Krankenhaus sah der allerdings nicht aus. Es hing lediglich ein Waschbecken an der Wand in der Ecke und ein großes Bett stand an der gegenüberliegenden Seite.

In meinem Wahn dachte ich zwar, ist etwas seltsam? Aber vielleicht ist das ja so in einer spanischen Arztpraxis! Jedoch als die „Schwester" erschien, dämmerte es mir: Das ist ein Irrtum.

Die „Schwester" hatte nur BH und Schlüpfer an, außerdem hatte sie ein Strumpfband angelegt, hohe Stiefel an und war stark geschminkt.

Ich sagte ihr in meiner Trance: „Ich bin aber nicht privat versichert, bin bei der AOK!"

Sie schaute mich irritiert an, starrte auf meinen weißen Turban und fragte: „AOK, ich nicht weiß? Blasen kosten 50 € und 80 € richtig Sex, aber nur mit Goma!"

Trotz meiner geistigen Umnachtung wurde mir nun endlich klar: Das ist weder ein Krankenhaus noch eine Arztpraxis, und mir lief ein Schauer über den Rücken. Zuvor war ich noch nie in einem Bordell.

Die Frau war wirklich schön anzuschauen, aber eine solche Schwester war im Moment das Letzte, was ich gebrauchen konnte, auch wenn diese Anzugsordnung der Schwestern im Krankenhaus in der Männerstation sicher den Zuspruch stark erhöhen würde.

In meiner Verzweiflung stammelte ich: „Hospital? Hier Hospital?"

Die Nutte grinste mich an und sagte:

„Nicht Hospital, hier Burdel!"

„Also Bordell?" Die Hure nickte grinsend.

„Ich muss aber in das Hospital!" Um ihr meine Lage zu verdeutlichen nahm ich meinen Turban ab und zeigte der Hure meine Kopfverletzung.

Ihre Mine verfinsterte sich, aber dann sagte sie:

„Caray, ich dir helfen werde!" Sie nahm ihr Handy in die Hand und rief Jemanden an. Da sie aber Spanisch sprach, verstand ich kein Wort.

Nach dem Gespräch nahm sie meine Hand in ihre und streichelte sie. Das tat gut, und ich wusste, die Hure meinte es gut mit mir. So standen wir nun in dem Zimmer, nicht in der Lage uns wirklich zu unterhalten, jedoch fühlte ich mich viel besser als im Krankenauto mit dem verrückten Polizisten, der vermutlich kein Polizist war. Als ich so darüber nachdachte, wurde mir klar: Der graue Anzug, den der Polizist anhatte, war eher der Anzug eines Heizers, und die Polizistenmütze hatte er ja aus dem fahrenden Auto geworfen.

Tatsächlich, nach ein paar Minuten klingelte es und nachdem der Türöffner gesummt hatte, standen zwei Sanitäter im Raum. Sie schienen die Hure zu kennen, denn sie unterhielten sich sehr freundlich mit ihr. Aber dann schauten sie nach meiner Verletzung und fragten: „Du laufen kannst?"

Ich nickte nur und so liefen wir durch die langsam aufwachende Stadt zu ihrem Krankenwagen. Dieses Mal musste ich nicht auf die Liege, sondern durfte auf einem Sitz Platz nehmen. Ich schnallte mich fest an, hatte doch etwas Angst bekommen.

Aber alles ging gut, nach kurzer Zeit war ich in der Notaufnahme und ein farbiger afrikanischer Arzt mit einer riesigen Knollennase, der allerdings fast akzentfrei Deutsch sprach, untersuchte mich. Er befragte mich, wie das passiert sei.

Als ich ihm von meinem Kopfsprung gegen die Wand auf das nicht vorhandene Bett erzählte, konnte er sich ein Lachen nicht verkneifen. Jedenfalls entschied er, dass ich erst einmal mindestens 24 Stunden im Krankenhaus bleiben muss, da innere Blutungen nicht auszuschließen sind. So war das dann auch, ich bekam sogar ein Einzelzimmer, und als ich dann endlich im Bett lag, war ich sehr froh. Der Schlaf übermannte mich nach kurzer Zeit.

Gegen Abend bekam ich Besuch. Die Policia war bei mir. Zwei Polizisten in Zivil befragten mich nach dem Verkehrsunfall in gutem Deutsch. Allerdings konnte ich ihnen nichts über den Hergang sagen, da ich während des Unfalls im Halbschlaf war. Aber den zeitlichen Ablauf danach schilderte ich ihnen, auch, dass mich ihr Kollege im Krankenwagen ins Hospital fahren wollte, mich jedoch dann einfach auf der Straße stehen ließ.

Die Polizisten klärten mich auf, dass der angebliche Polizist in Wirklichkeit kein Polizist war, sondern ein gewöhnlicher Einbrecher, der von den zwei Polizisten im verunfallten Auto zur Polizeiwache transportiert werden sollte, er allerdings die Chance zum Türmen genutzt hatte und dazu den Krankenwagen geklaut hatte. Die Sanitäter hätten den Zündschlüssel stecken lassen und das wurde ihnen zum Verhängnis. Ich sollte vermutlich als Geißel fungieren.

Den verunfallten Sanitätern und den Polizisten im Unglücksauto ginge es unter den Umständen gut. Keiner ist in Lebensgefahr. Nun klärte sich für mich auch auf, weshalb ich den angeblichen Polizisten kurze Zeit später in einem zivilen PKW sitzen saß, als mich die Sanitäter aus dem Bordell in das Krankenhaus gefahren haben. Das Auto stand an der Ampel direkt neben unserem Krankenwagen und ich erkannte den falschen Polizisten sofort.

Als die Ampel auf "Grün" geschaltet hat, ist er rasant davongebraust, aber ich habe mir die Nummer des Autos gemerkt. Die habe ich dann den echten Polizisten im Krankenhaus mitgeteilt.

Ich entschuldigte mich für meine Naivität und erklärte ihnen, dass ich gestern und heute Morgen nicht bei Sinnen war. Letztlich waren sie aber hoch erfreut, denn ich hatte ihnen wohl einen heißen Tipp gegeben.

Sie bedankten sich bei mir und ließen mich das Protokoll unterzeichnen.

Danach ließ ich noch einmal diesen verrückten Tag vor meinem geistigen Auge ablaufen, um anschließend wieder in Tiefschlaf zu fallen."

Der Feuerwehrmann und ich hatten interessiert zugehört, und der Feuerwehrmann sagte:

„Das ist doch endlich Mal ein Urlaub, den man so schnell nicht vergisst. Wenn alles planmäßig und *normal verläuft, redet nach ein paar Jahren niemand mehr über den Urlaub, jedoch ist diese Geschichte filmreif und letztlich ist sie ja gut ausgegangen! Haben Sie eigentlich den Einbrecher gefasst?"*

Der Barkeeper hatte wohl mitgehört und hatte die passende Antwort:

„Ja, ich habe heute im Internet gelesen, sie haben ihn endlich gefasst. Er hat in der Vergangenheit schon oft in Hotelzimmer eingebrochen oder sich gewaltlos Zugang verschafft, um dann Wertsachen zu entwenden.
Viele Hoteliers sind nun erleichtert."

Der Feuerwehrmann und ich gratulierten Elias zu seiner Mithilfe bei der erfolgreichen Verbrecherjagd, und der Barkeeper stellte uns wegen dieses Erfolges drei unbestellte Ramazotti auf den Tisch. Eigentlich hatten wir ja all inclusive, aber wir wollten die freundliche Geste des Barmannes nicht ignorieren. Also tranken wir ihn trotzdem als Absacker für diesen Abend, wollten den Barkeeper nicht beleidigen. So ist das manchmal im Leben, man zwingt sich zu Handlungen, die man eigentlich nicht möchte, jedoch will man andere nicht enttäuschen. Verrückte Welt!

Susis Abenteuer

Am nächsten Morgen dachte ich an Ellis Erlebnisse, weil er im Suff gegen die Wand gesprungen war. Zwar tat er mir leid, aber trotzdem fand ich das so lustig, dass ich mich vor Lachen beim Zähneputzen so schlimm verschluckte, dass ich keine Luft mehr bekam. Das war so unangenehm, dass ich wieder auf den Boden der Realität gezogen wurde.

Zum Frühstück traf ich dann auf der Terrasse den Feuerwehrmann, der schon mit Elias am Tisch saß.

Wir bedienten uns am Buffett und machten Pläne, wie wir weiter nach dem Verbleib von Susi forschen könnten.

Als aber der Feuerwehrmann sich noch etwas Süßes vom Buffett aus dem Speisesaal holte, kam er mit einem breiten Grinsen zurück und rief uns schon von Weitem zu:

„Sie ist wieder da, Susi ist zurück und kommt gleich zu uns!"

Tatsächlich erschien Susi kurze Zeit danach mit ihrem Frühstücksteller in der Hand. Wir drei Männer sprangen auf und jeder drückte Susi sehr innig. Susi rief:

„Jetzt drückt mich nicht kaputt, holt lieber ein Glas Sekt!"

Hörig sprangen wir alle drei auf, aber ein Kellner hatte das wohl mitbekommen und kam schon mit gekühltem Sekt und vier Gläsern zu uns.

Wir stießen auf das Wiedersehen an und Susi kam gar nicht zum Essen, sie musste uns von ihrem Abenteuer erzählen.

Susi fing an:

„Alles war sehr chaotisch. Als wir aus der Disco wieder im Hotel ankamen, seid ihr drei in Richtung Fahrstuhl gewankt, Olo stolperte wie irre und dann habt ihr euch umarmt und seid Arm in Arm in den Fahrstuhl gestiegen. Ich wollte euch noch Tschüss sagen, aber keiner von euch Saufmäusen hat sich noch für mich interessiert. Jedoch fuhr der Fahrstuhl nicht los, weil Olo in den Lifteingang stürzte und euch alle zu Boden riss.

Also bin ich zu euch gelaufen und habe für Ordnung gesorgt, also euch wieder auf die Beine geholfen.

Als ihr alle wieder halbwegs gestanden habt, fragte ich Olo nach seiner Etage. Er war der, der beim Saufen die höchste Punktzahl erreicht hatte.

Er lallte sechs, Zimmer 69.

Ihr besoffenen Blödiane habt dann wie die Irren einer Anstalt gelacht, weil Elias rief:

„Stellung 69 ist immer besser als Arbeiten!"

Ich fühlte mich wie eine Betreuerin in einer Irrenanstalt und brachte euch in Olos Zimmer.

Was danach passiert ist, weiß ich nicht genau.

Ich bin jedenfalls sofort auf mein Zimmer gegangen. Später bin ich auf der Terrasse meines Zimmers aufgewacht. Ich hatte schon mein Nachthemd angezogen und war auf einem Stuhl eingeschlafen, weil sich alles um mich gedreht hat.

Das Meeresrauschen war sehr beruhigend, aber dann hörte ich ein seltsames Geräusch und beugte mich leicht über das Balkongeländer.

Ich traute meinen Augen nicht! Eine dunkle Gestalt kletterte an dem Fallrohr der Dachrinne nach oben und verschwand auf der Terrasse meines benachbarten Appartements.

Schlagartig fühlte ich mich nüchtern und hellwach. Nebenan wohnt ein älterer Herr, der ist sehr nett, schnarcht allerdings wie ein ganzes Sägewerk. Da seine Balkontüre immer nachts offensteht, ist sein

Schnarchen zusammen mit dem Meeresrauschen meine Einschlafmelodie.

Ich wollte den Mann warnen, habe mir schnell meine ausgewaschene Lieblingsjogginghose angezogen und bin auf den Flur gelaufen. Ich wollte an seiner Tür klopfen, aber die stand einen Spalt offen. Ich lunzte in sein Appartement und sah wie der Dieb vorsichtig die Schränke durchwühlte.

Das sah ich mir einen Moment an, hatte Angst und war unfähig, irgendetwas zu machen. Da hörte ich Getrampel auf dem Flur. Der Dieb hatte es auch gehört, riss die Tür auf und rannte wie ein Irrer den Flur entlang. Dabei verlor er etwas, was ich aufhob. Nun hielt ich das Portmonee des alten Herrn in der Hand und durch den Luftzug flog meine Tür zu.

Inzwischen war der alte Herr aufgewacht und schrie um Hilfe.

Zwei Polizisten hatten nach einem kurzen Handgemenge den Dieb auf dem Flur zu Fall gebracht und zwei weitere Polizisten eilten auf mich zu. Der Alte schrie immer noch wie am Spieß und erfreut gab ich den Polizisten die Geldbörse. Aber irgendwie hatten die Polizisten wohl die Situation nicht richtig erfasst und hielten mich für eine Komplizin des Diebes. Sie legten mir Handschellen an und führten mich ab, obwohl ich ihnen auf Deutsch sagte, dass ich die Zimmernachbarin sei und dem alten Herrn helfen wollte. Sie haben mich offensichtlich nicht verstanden. Aber ich hatte ja auch das Diebesgut in der Hand. Aus Sicht der Polizisten war das sicher ein eindeutiger Beweis für meine Mitschuld. Ruckzuck saß ich im Polizeiwagen und sie fuhren mich nach Arrecife zur Polizeiwache. In der Hoffnung, dass sich bald alles aufklärt, habe ich es über mich ergehen lassen. Und als ich endlich in der Zelle der Polizeiwache lag, war ich froh, denn nun konnte ich meinen Suff ausschlafen.

Am nächsten Tag wurde ich befragt, allerdings nur auf Spanisch, aber ein richtiges Verhör konnte nicht stattfinden, denn meine Version des Abends auf Deutsch hat niemand verstanden. Jedoch waren alle anständig zu mir, ich bekam Essen und Getränke und durfte mich sogar duschen. Wegen der Aufregung der vorletzten Nacht und meines Schlafdefizites habe ich den ersten und auch den zweiten Tag fast komplett verschlafen. Am dritten Tag wurde ich nachmittags wieder verhört, der verhörende Kriminalinspektor sprach gut Deutsch und hörte sich meine Schilderung an. Nachdem meine Aussage protokolliert und unterschrieben war, sagte er: „Wir werden das überprüfen!"

Gegen Abend wurde dann wieder die Zelle geöffnet und der Inspektor entschuldigte sich bei mir.

Er sagte mir, dass sie den Täter gefasst haben und sich alles aufgeklärt habe. Nun war ich erleichtert, *wurde in unser Hotel gefahren und nachdem ich etwas gegessen hatte, bin ich auf mein Zimmer gegangen und habe die Freiheit und das Meeresrauschen genossen. Ich wollte nur noch meine Ruhe haben und habe dann wunderbar geschlafen."*

Letztlich waren wir alle erleichtert, dass die Geschichte ein friedliches Ende genommen hatte. Wir verbrachten den Tag gemeinsam am Strand. Selbst Poolliebhaberin Susi war mit dabei. Nun war ja alles gut ausgegangen, aber trotzdem dachte ich immer wieder an die seltsamen Worte vom Feuerwehmann und seine Geschichte mit dem abgetrennten Kopf. Und außerdem blieb ungeklärt, von wem der BH in meinem Zimmer stammte, von Susi war er jedenfalls nicht.

Der Regentag

Ein beliebtes Thema eines Smalltalks ist bei Deutschen das Wetter. So auch im Urlaub.

Jeden Tag hatte ich etliche Male mit Urlaubern darüber gesprochen, wie das Wetter zu Hause in Deutschland ist, und natürlich darüber, wie es wohl in den nächsten Tagen hier sein wird.

Über das Wetter zu reden ist zwar in unserem Hotel nicht wirklich notwendig, weil neben der Rezeption ein Aushang über das heutige Wetter und über die Wetterprognose hing und außerdem fast alle Urlauber ein Handy haben und täglich mehrfach auf die Wetter-App schauen. Aber trotzdem wird darüber geredet. Manchmal macht das Wetter ja auch nicht das, was es soll! So auch an diesem Tag. Sonne war angekündigt, aber dunkle Regenwolken hatten ihre Schleusen geöffnet.

Ich saß dieses Mal alleine unter dem regenfesten Dach an der Strandbar mit meinem Buch in der Hand. Um mir den Regentag etwas zu versüßen, hatte ich mir ein Glas Cuba Libre geholt. Als ich lesend saß, kam ein älteres

Pärchen durch den Regen gelaufen und fragte, ob noch Platz an meinem Tisch sei. Das war ja offensichtlich so und ich bat das Paar an meinen Tisch. Inzwischen goss es wie aus Eimern, aber es war trotzdem angenehm, wir saßen ja im Trockenen. Es war frühsommerlich warm und der Regen säuberte die Luft vom Staub, man konnte herrlich tief durchatmen.

Ich unterhielt mich mit dem älteren Pärchen über den Tag ihrer Anreise, den Tag ihrer Abreise und darüber, wo sie in Deutschland wohnen. Das sind neben dem Wetter die üblichen Themen für einen Smalltalk. Die Frau war Wortführerin, ihr Mann nickte nur zustimmend.

Sie holte zwei Getränke an der Bar und als sie zum Trinken ansetzten, tropften immer noch aus den Haaren des Mannes ein paar Regentropfen in das Glas. Die ganze Zeit hatte er nicht gesprochen, aber jetzt sagte er zu seiner Frau und mir:

„Es ist so trocken, es müsste wieder mal regnen!"

Ich schaute den Mann fragend an, wusste nicht, ist das als Spaß gemeint oder meint das der Mann ernsthaft. An seiner ernsten Miene merkte ich allerdings, dass er das nicht aus

Spaß gesagt hatte. Die Frau schaute mich traurig an und sagte:

„Verzeihen sie bitte, wir sind schon über 80 und früher hatten wir eine Gärtnerei und freuten uns über Regen. Mein Mann ist leider neben der Spur, aber, dass es wieder mal regnen müsste, sagt er bei jedem Wetter. Das war früher für die Gärtnerei notwendig und er hat das verinnerlicht!"

Ich antwortete:

„Da gibt es nichts zu verzeihen! Ich bewundere sie dafür, dass sie trotz der Probleme noch diese Reise unternehmen!"

Die Frau nickte mir zu und sprach:

„Das ist unser Lieblingshotel und seit 20 Jahren sind wir jedes Jahr hier. Manchmal verbringen wir sogar den ganzen Winter hier auf den Kanaren. Aber entschuldigen Sie bitte. Wir haben gleich einen Massagetermin, wir müssen gehen!"

Wir verabschiedeten uns, und kaum waren die zwei verschwunden, kam Susi durch den Regen gerannt. Wir sprachen natürlich auch über das Wetter und darüber wie man den Tag verbringen könnte. Ich schlug Susi vor, in den

Fitnessraum des Hotels zu gehen, aber sie hatte dazu keine Lust.

Sie sagte: *„Jetzt habe ich Freizeit, da mache ich doch keinen Sport! Und außerdem, der Urlaub war teuer genug und die Kilos, die ich mir bei All inclusive angefressen habe, will ich doch nicht leichtfertig verlieren! Lieber hole ich uns noch einen Drink!"*

Wir lachten beide über ihren Witz, Susi war nicht gerade dürr, eher Vollschlank, aber sie hatte Proportionen und war dadurch nicht unattraktiv.

Obwohl ich nun beschlossen hatte, mir wieder eine Frau zu suchen, kam Susi nicht in Frage.

Sie war einfach nicht mein Typ, auch wenn ich ihren parfümlosen, natürlichen Duft nicht kannte.

Meine Erfahrung war die, dass der erste Eindruck bei der Partnersuche sehr entscheidend ist. Entweder findet man die Partnerin oder den Partner auf den ersten Blick attraktiv oder eben nicht. Das hat nicht immer was mit Traumfiguren wie bei den Models des verstorbenen Modezars Lagerfeld zu tun.

Seine Models fand ich durchgängig viel zu dürr. Am liebsten hätte ich ihnen ein Fresspaket geschickt, damit sie ein paar Kilo zulegen. Aber auch Heidi Klum hat mich nie begeistert, weder bezüglich ihrer Figur noch wegen ihres Auftretens. Aber so ist das nun einmal. Der Geschmack bei der Partnerwahl ist bei uns Menschen sehr unterschiedlich, und das ist auch gut so.

Vermutlich hätten sich Lagerfelds Models und auch Frau Klum nicht für mich begeistern können.

Als Susi wieder zurück von der Bar kam, hatte sie zwei Bier und wir stießen an.

So kann ein Regentag auch angenehme Seiten haben.

Da klingelte mein Telefon. Die Anruferin war meine Tochter, wir telefonierten eine Weile und Susi versuchte nicht zuzuhören, was allerdings ziemlich schwer ist, wenn man direkt neben dem Anrufer sitzt. Trotzdem blieb ich neben Susi sitzen, ich habe ja keine Staatsgeheimnisse zu verraten. Als ich zu meiner Tochter sagte:

„Quäl ihn richtig, es muss richtig sehr wehtun!", änderte Susi ihre Mimik aus einer Nichtzuhörposition in interessiertes Grinsen. Wir grinsten uns an und natürlich musste ich Susi nach dem Gespräch den Grund für meine Worte erzählen, denn sie fragte:

„Ist deine Tochter Zahnärztin? Soll sie einen Patienten quälen!"

Ich entgegnete:

„Nein, das ist total anders! Normalerweise fällt das alles unter die Schweigepflicht, aber bei einer Urlaubsbekannten besteht ja nicht die Gefahr, dass das, was ich sage, weitergetragen wird!"
Susi versicherte mir, sie würde wie ein Grab schweigen. Das haben schon viele Menschen versichert und doch weitererzählt, jedoch besteht bei einer Urlaubsbekannten, die weit weg von mir wohnt, ja kaum die Möglichkeit des Ausplauderns von Geheimnissen, und so erzählte ich ihr Folgendes:

„Meine Tochter ist eine Domina und betreibt zusammen mit ihrer Freundin ein Dominastudio. Du weißt doch, ich bin Lehrer und mein Chef, der Schuldirektor, kommt regelmäßig zu ihr, um ihre Dienste zu nutzen. Dominas haben keinen Sex mit ihren Klienten. Deshalb ist das ein sauberes Geschäft. Sie bleiben immer angezogen, auch wenn ihre Kleidung sicher sexuell reizvoll ist. Anfangs hatte ich Akzeptanzprobleme, denn das ist ja ein außergewöhnlicher Job. Allerdings verdient meine Tochter damit ordentlich Geld und hat Spaß dabei.

Vielleicht hat sie ja die Gene ihrer Mutter? Aber es ist egal. Mein Chef, der Schuldirektor, ist ein Psychopath, der gerne die Schuld eigener Fehler anderen in die Schuhe schiebt. Also ein sehr unangenehmer Mensch. Er hat eine feuchte Wohnung, ist täglich sehr lange in der Schule um vor seiner Gattin zu entfliehen.

Aber ab und zu will er gequält werden, und dann kommt er zu meiner Tochter.

Susi grinste und antwortete:

„Ist ein interessanter Job! Das würde ich auch machen! Aber spricht sich das nicht rum, dass der Schuldirektor zur Domina geht? Du bist doch sein Mitarbeiter und wahrscheinlich ist das Dominastudio auch in der Nähe eurer Schule!"

Ich antwortete:

„Ja, es ist in der Nähe. Das Dominastudio ist in Vacha, einer kleinen Stadt mit einigen kleinen Gassen und nur mittelmäßigem Besucherverkehr. Manchmal ist in solch einer Gasse kein Mensch auf der Straße und der Eingang des Dominastudios lässt sich von den Fenstern der umliegenden Häuser schlecht einsehen. Da kann man durchaus mal in die Sparkasse gehen und anschließend in das Studio huschen. Allerdings gibt es in solch einer kleinen

Stadt auch Beobachter, die genau wissen, was passiert, also wer mit wem fremdgeht und natürlich auch wer regelmäßig die Dominas besucht.

Die meisten Kunden kommen aus der Ferne, aber ihre Nummernschilder fallen schon auf, wenn sie in Vacha auf dem Markt stehen.

Meine Tochter schweigt wie ein Grab über ihre Kunden, und ich habe meinen Direktor nur einmal zufällig im Dominastudio gesehen, als ich meine Tochter besucht habe. Selbstverständlich schweige ich auch, und trotzdem hat sich das natürlich herumgesprochen, dass er zur Domina geht. Allerdings hat der Direktor Stahl ein stahlhartes, übersteigertes Selbstwertgefühl und bildet sich ein, dass alle anderen dumm sind und nichts merken, und von mir weiß er, dass ich schweigen kann. Er denkt sicher, ich sei auch ein Kunde! Inzwischen ist er mir gegenüber ganz friedlich geworden, seit ich ihn im Studio gesehen habe."

Susi schüttelte den Kopf und bemerkte:
„Ist das nicht ein Kündigungsgrund wegen der schlechten Vorbildwirkung auf die Kinder?"

„Nein, ist es nicht. Er verstößt ja nicht gegen Recht und Gesetz, wenn er die Dienste meiner Tochter in Anspruch nimmt, und außerdem schadet er damit

keinem Schüler. Und warum sollte man nicht zur Domina gehen? Das ist doch eine saubere Sache, ist ja kein Freudenhaus! Aber auch der Besuch eines Bordells ist reine Privatsache, Puffs sind ja in Deutschland erlaubt, und wenn die Damen das freiwillig machen, ist es nur ihre Angelegenheit. Und warum will man die Freier moralisch verurteilen, wenn sie sich anständig gegenüber den Damen verhalten!

Vielleicht ist ja der Job als Hure angenehmer als den ganzen Tag am Band oder an einer Maschine zu stehen? Die Vorstellungen davon, was schön und was anstrengend ist, gehen weit auseinander.

Du siehst das ja auch an unserem Elias, der für sein Leben gerne putzt.

Und bezüglich unseres Direktors war das so: Der ehemalige Direktor hat sich zu oft mit der Schulverwaltung und dem Schulamt angelegt. Dann hat man ihm wegen Unterschlagung einen Strick gedreht. Er soll Schmiergeld von Lehrmittelherstellern genommen haben, damit sie die Aufträge zur Ausstattung von Lehrkabinetten bekommen haben. Er wurde in den vorzeitigen Ruhestand versetzt. Was da wirklich dran war, weiß ich nicht! Aber letztlich sind die Herren vom Schulamt froh, dass sie wieder einen Direktor haben, denn das ist kein leichter Job. Und der ist froh, dass er als Direktor ein paar Stunden Abminderung bekommt, da er im Unterricht nicht so richtig mit den Schülern zurechtkommt. Trotzdem wollte ich niemals mit ihm tauschen!

Ein Schuldirektor kann weder einstellen noch entlassen und bei der Lehrerknappheit in Deutschland ist man in der Schule froh, dass die Stunden gehalten werden. Denn abgerechnet werden Stunden!

Die Qualität des Unterrichts ist leider zweitrangig. Letztlich gibt es in der Schule neben sehr guten und motivierten Kollegen auch welche, auf die man gerne verzichten könnte, die man aber nicht so einfach aus dem Schuldienst entlassen kann.

Und wer will sich schon gerne mit Lehrern rumärgern?

Letztlich ist man froh, dass unser Herr Stahl den Direktorposten macht. Außerdem ist er verbeamtet und Beamte können nur schwer entlassen werden, schon gar nicht wegen des Besuchs eines Dominastudios!"

Susi überlegte und antwortete: „Irgendwie hast du ja recht. Eine Domina quält ja nur die Männer, die das wollen, und sie bezahlen sogar dafür. Wahrscheinlich leben sie auch in Zwängen. Aber das ist eine saubere Sache! Das wäre doch auch was für mich! Wo kann man das lernen und wie viel verdient man als Domina?"

Da ich mich mit meiner Tochter natürlich schon oft darüber unterhalten habe, konnte ich Susi genaue Auskunft geben: *„Den Beruf einer Domina kann man nicht erlernen, es ist kein anerkannter Lehrberuf. Als Domina eignen sich Frauen, die dominant sind. Wenn man diese Eigenschaft hat, kann man in Online- oder Direktkursen verschiedene Praktiken erlernen, die die Kunden wünschen. Das sind sogenannte BDSM-Praktiken, also Bondage, Dominanz, Sadismus und Masochismus. BDSM ist eine Abkürzung für verschiedene sexuelle Vorlieben und Aktivitäten, bei denen Macht, Kontrolle und Einvernehmlichkeit eine zentrale Rolle spielen. Die Kunden suchen sich wie auf einer Speisekarte die Form der Erniedrigung aus, die sie wünschen. Und übrigens nehmen auch Frauen diese Dienste in Anspruch!"*

Susi lächelte: *„Einiges habe ich ja schon davon gehört oder im Fernsehen gesehen. Ist wirklich interessant! Und warum machen das die Männer oder Frauen? Warum wollen sie gequält werden?*

Dieses Thema hatte mich wegen meiner Tochter außerordentlich interessiert. Immer wieder habe ich mich das auch gefragt und recherchiert. Deshalb konnte ich Susi auch darüber Auskunft geben:

„Die Kunden sind häufig Männer und Frauen in Führungspositionen und sie wollen diese Führungsrolle abgeben. Sie wollen selbst für nichts verantwortlich sein und sich ganz und gar in die Hände eines anderen Menschen begeben. Die Kunden wollen ihre tiefsten Ängste vor Misshandlung und Erniedrigung im kontrollierten Rahmen der Domina-Sitzung erleben. Letztlich lösen sich diese lebensbedrohlichen Ängste in sexueller Lust auf. Man nimmt an, dass die Ursache für solche Neigungen sexueller Missbrauch in der Kindheit ist. Da waren nach meinen Recherchen übrigens oft Frauen die Täterinnen. Beim Besuch einer Domina ist aber den Kunden bewusst, dass sie die Auftraggeber sind, und sie können die Erniedrigung erleben, ohne sich als Opfer zu fühlen!"

Susi schüttelte mit dem Kopf und nach einer Denkpause sagte sie:

„Interessant, interessant! Je älter ich werde, desto mehr begreife ich. Es gibt nichts, was es nicht gibt, und jeder Mensch lebt in seiner eigenen Erlebniswelt, uns fällt es schwer die Gedanken und Gefühle anderer Menschen nachzuvollziehen. Als Kind lebt man in seiner kleinen Welt. Bei den

meisten Kindern gehen wahrscheinlich die Eltern liebevoll mit ihnen um und man lernt, dass eine Liebesbeziehung nur zwischen einer Frau und einem Mann entstehen kann. Wenn man größer und erwachsener wird, begreift man, dass auch Männer Männer oder Frauen Frauen lieben können oder dass es Menschen gibt, die keinerlei körperliche Berührung von einem anderen Menschen haben wollen. Oder dann gibt es Männer, die lassen sich die Geschlechtsteile abschneiden. Ist das alles normal?"

Ich entgegnete:

„Was ist normal? Normal ist das, was wir Menschen schon in der Kindheit von unseren Eltern erlernt haben. Wenn wir in einem Indianerstamm aufgewachsen wären, wäre es eine Freude für uns, wenn wir uns zu bestimmten Anlässen bunt anmalen und mit Geschrei um das Feuer rennen würden. Und da gibt es für uns noch unbegreiflichere Dinge: In der Steinzeit sollen Menschen in einem zeitlichen Abschnitt der Steinzeit Verstorbene aufgegessen haben. Das war für sie normal. Wichtig ist jedoch die Toleranz, anzuerkennen, dass nicht alle Menschen gleich sind und sich in ihren Erfahrungen, Vorlieben und Neigungen unterscheiden. Natürlich muss man

dazu nicht die Oma aufessen! Aber solange man keinen anderen Menschen schadet ist doch in unserem Land viel erlaubt! Und das ist auch gut so!"

Susi nickte:

„Du hast vollkommen recht, interessantes Gespräch! Aber du hast mir noch nicht verraten, was deine Tochter so verdient!"

„Das hängt vom Kunden ab. Da gibt es keine Einheitspreise, aber es sind durchaus 100 bis 300 € in einer einstündigen Sitzung drin. Allerdings hat sich meine Tochter einen Namen in der Szene gemacht. Die meisten Kunden kommen aus der Ferne und meine Tochter ist sehr hübsch und offensichtlich auch sehr dominant. Das hat sie beides von ihrer Mutter! Was sie allerdings zum Monatsende in der Tasche hat, entzieht sich meiner Kenntnis. Auf jeden Fall lebt sie nicht schlecht!"

Susi war erstaunt:

"Das ist ja irre, für Männerquälen so viel Geld zu bekommen! Das will ich auch! Warum habe ich eigentlich studiert?

Aber sag mal, ich höre immer wieder aus deinen Worten Wehmut und Sehnsucht nach deiner Ex!"

Ich antwortete:

„Nein, so ist das nicht. Zweifellos war und ist sie immer noch eine hübsche Frau, allerdings sehr dominant und egoistisch. Sie fährt immer mehr nach ihrer Mutter und es hat eben nicht mehr mit uns geklappt. Die Geilheit auf sie hat irgendwann nicht mehr ausgereicht, um ihre Dominanz zu ertragen, und dann hat sie ja auch außerdem einen Anderen. Tja, so ist das eben im Leben. Man verliebt sich, 5ist im siebten Himmel und träumt von einer gemeinsamen Familie und Zukunft. Und dann, ein Jahr oder einige Jahre später, ist die Partnerin oder der Partner nicht mehr so, wie er mal war. Alles ist in Bewegung, jeder entwickelt sich weiter, manchmal eben leider nicht. Meine Ex und ich haben uns eben gegenläufig entwickelt, aber das ist egal, Schwamm drüber!"

Inzwischen hatte der Regen aufgehört und die Sonne lunzte immer wieder zwischen den Wolken hervor. Es war Zeit, um Baden zu gehen. Susi ging nun wieder zu ihrem Pool und ich wollte den Strand aufsuchen.

Das Geständnis

Die Liegen am Strand waren fast alle belegt. Sie waren paarweise an die Sonnenschirme angekettet, vermutlich um Diebstahl zu vermeiden und eine Grundordnung zu bewahren. Nur einige, wenige Liegen waren noch frei, aber die zugehörige zweite Liege war belegt. Der Zufall wollte es, der Feuerwehrmann hatte auch eine dieser Paarliegen ergattert, und neben ihm war noch was frei. Ich wunderte mich, dass er hier war. Es war erst das zweite Mal, dass ich ihn hier in der Badebucht sonnenbadend sah.

„Hey, du hier! Das kenne ich gar nicht von dir, habe dich am Strand noch nie gesehen!"

Der Feuerwehrmann sah mich und antwortete:

„Stimmt, aber das ist mein letzter Tag hier. Morgen geht wieder mein Flieger nach München. Da will ich noch ein letztes Mal die Sonne genießen, in Deutschland ist sie in diesen Tagen rar! Hier ist noch frei, du kannst dich zu mir legen!"

Er deutete auf die zweite Liege und ich nahm gerne sein Angebot wahr. Nachdem wir einen Smalltalk gehalten hatten, kamen unsere Geheimnisse zur Sprache. Erst als ich ihm davon erzählt hatte, wie ich aus Versehen meine Schwiegermutter umgebracht habe, hatte er Vertrauen zu mir gewonnen. Wir erzählten uns das auch in dem Wissen, dass der andere keine Gelegenheit haben würde, es auszutratschen. Dazu waren unsere Wohnorte zu weit voneinander entfernt. Außerdem kannte ich nicht mal seinen richtigen Namen.

Der Feuerwehrmann zog seine Stirn in Falten und begann stotternd zu erzählen:

„Ich habe dir doch von meiner Chatfreundin erzählt, die später meine große Liebe wurde. Bis zu einem bestimmten Punkt war das alles toll und ganz groß. Ich war total verknallt und war bereit, fast alles für sie zu tun. Aber dann passierte Folgendes: Sie hatte mich wieder mal zu sich eingeladen und ich nahm das selbstverständlich gerne an. Allerdings war sie anders als sonst. Ich merkte, dass irgendetwas nicht stimmte. Sie bereitete ein Essen für uns zu und die angefangene Flasche Weißwein aus ihrem Kühlschrank reichte nicht für ein zweites Glas. So schickte sie mich in ihren Keller, um Nachschub zu holen. Dort roch es seltsam, und da schaute ich in die Tiefkühltruhe. Ich habe schon viel gesehen, aber bei diesem Anblick wurde mir ganz anders. Der Kopf eines Mannes lag verpackt in einer Plastiktüte.

Auf der anderen Seite lag ein männlicher Körper, eingewickelt in Plastikfolie. Mir lief ein Schauer über den Rücken und ich rannte nach oben. Sie sah mich an und wusste sofort, was ich gesehen hatte. Ich holte eine Flasche Schnaps aus dem Kühlschrank und wir stießen erst einmal wortlos an. Nun weinte sie und fing an zu erzählen und beichtete mir Folgendes: Mein Mann kam von einer Dienstreise zurück. Wie gewöhnlich zankten wir uns, aber dieses Mal blieb es nicht bei Worten. Er warf mich auf den Küchentisch und drückte mir mit seiner starken Hand die Kehle zu. Mit der anderen Hand riss er mir meine Klamotten vom Leib, er wollte mich vergewaltigen. Im Affekt griff ich das lange Küchenmesser und rammte es ihm seitlich in die Kehle. Wahrscheinlich habe ich seine Hauptschlagader getroffen, denn das Blut spritzte wie Wasser aus einem Wasserhahn. Den Angriff hatte ich nun abgewehrt, aber was sollte ich nun machen. Ich brauchte eine Weile, um die Situation zu begreifen. Mein Mann war auf jeden Fall mausetot. Sollte ich die Polizei anrufen? Die hätten mir wahrscheinlich doch nicht geglaubt. Ich hatte zwar Würgemerkmale und meine Klamotten waren zerfetzt, aber das hätte ich alles auch selber gemacht haben können. Ich war rasend und verzweifelt. Mein Hirn spielte alles Mögliche durch, jedoch kam ich zu der Erkenntnis, dass es das Beste wäre, den Kerl irgendwie zu begraben oder ins Wasser zu werfen.

Ich wusste nur nicht, wo und wie. In meiner Raserei habe ich ihm noch den Kopf abgetrennt. Das war harte Arbeit, aber ich meinte, wenn der Rumpf gefunden wird, dann kann man ihn nicht zuordnen. Ich wollte ihn in die Ostsee oder Nordsee werfen, egal, Hauptsache weit weg. Aber mit seinen 90kg ist er mir zu schwer. Ich kann ihn nicht zum Auto schleppen. Runter zur Tiefkühltruhe war es zwar auch nicht einfach, aber ich habe es irgendwie geschafft!

Wir tranken wieder Schnaps und schwiegen uns an. Mit einem Schlag war aus unserem Liebestreff eine riesengroße Katastrophe entstanden. Sie saß mir gegenüber und aus ihren großen Kulleraugen rannten Tränen der Verzweiflung. Dann nahm ich sie in den Arm und es fiel mir nichts anderes ein als zu fragen:

Und nun? Jetzt ist es wohl schwierig, der Polizei klar zu machen, dass du dich gewehrt hast. Ein abgetrennter Kopf lässt sich nicht mehr auf Notwehr schieben!

Sie schluchzte und rief nur: Ich habe das doch alles nicht gewollt, es ist eben alles so gekommen, so schnell und unkontrolliert. Nun weiß ich nicht mehr weiter.

In diesem Moment war mein Hirn auch leer und ich sagte nur: Beruhige dich erst einmal, wir finden schon eine Lösung!"

Bei seiner Beichte lief mir der Schweiß eiskalt über den Rücken, aber an seiner Miene merkte ich, dass ihn diese Beichte befreit hatte. Mir wäre es zwar lieber gewesen, wenn er mir das nicht erzählt hätte, aber nun war es raus und ich war ein Mitwisser. Um das erst einmal zu verdauen, holte ich uns je zwei extra starke Cola-Libre an der Strandbar.

Nachdem wir den Sanitäter Alkohol missbraucht hatten, fragte ich ihn:

„Sie hat doch ein Kind, was ist mit dem? Und was habt ihr dann in dieser verflixten Situation gemacht?"

Jetzt wurde er ganz ruhig und sachlich und erzählte:

„Ihr Kind ist schon erwachsen, studiert und kommt selten nach Hause. Daher war erst einmal nichts zu befürchten. Jedoch wollte ich sie in dieser verflixten Situation nicht alleine lassen und noch in der Nacht desselben Tages haben wir nachts um drei den Leib ihres Mannes und den Kopf an unterschiedlichen Stellen im Wald begraben.

Das lässt mich jetzt nicht mehr los! Ich habe Angst, dass das rauskommt, und außerdem: Ich bin ja nun zum Mittäter geworden!

Ich hoffe, du verpfeifst mich nicht! Das lässt mich nicht in Ruhe und ich muss ständig daran denken, habe nachts immer wieder das Bild des Kopfes vor mir! Ich habe gehofft, dass mich mein Urlaub auf andere Gedanken bringt. Das klappte auch zeitweise, aber die Angst, dass ich mir durch diesen Blödsinn mein Leben versaut habe, steckt tief in mir!"

Das war natürlich harter Tobak, aber ich konnte ihn verstehen. Er war in diese Situation hineingerutscht wie ich damals, als ich meine Schwiegermutter erschossen hatte. Deshalb entgegnete ich:

„Jetzt verstehe ich deine Gemütsschwankungen. Selbstverständlich verpfeife ich dich nicht! Du hast doch niemanden umgebracht und außerdem weißt du ja auch Einiges von mir! Manchmal geht das Leben Wege, die man nicht erwartet hat, und von heute auf morgen kann alles anders sein.

Letztlich musst du aber sehen, dass du damit zurechtkommst. An der Vergangenheit kannst du nicht mehr drehen, nur heute und die Zukunft zählen! Ich bin damals auch bei jedem Ton des Martinshorns zusammengeschreckt und dachte, dass ich nun gesiebte Luft atmen werde. Aber inzwischen geht es mir saugut und so wird es dir auch gehen! Die Zeit heilt alle Wunden!"

Wir standen beide auf und drückten uns. Irgendwie hatten wir ja ein ähnliches schicksalhaftes Ereignis erlebt, und wenn der Ermordete wirklich so fies war, wie es der Feuerwehrmann beschrieben hat, dann hat er es auch nicht anders verdient.

Er erzählte mir noch, dass er trotzdem noch mit der Frau zusammen ist, aber im Moment wollen beide etwas Abstand. Jeder muss das für sich verarbeiten.

Abschied

Der Feuerwehrmann war zwar fast zeitgleich mit mir angekommen, jedoch hatte er einen Tag weniger als ich gebucht und musste heute abreisen. Susi, Elias und ich waren am Morgen des nächsten Tages in der Rezeption und begleiteten den Feuerwehrmann zum Transferbus. Einige Tränen wurden auch vergossen. Diese verrückten Erlebnisse mit der Disco, Susis Verschwinden und dem Unfall von Elias werden wir wohl alle nie vergessen. Allerdings habe ich Wort gehalten und habe den anderen nichts von der Beichte des Feuerwehrmannes erzählt.

Ich genoss noch einmal die herrliche Sonne und das Meer. Am Abend hielt ich traditionell mit Susi und Elias einen Plausch an der Bar, jedoch freute ich mich schon wieder auf Zuhause. Der anstehende Flug belastete mich kaum und vielleicht war ich ja geheilt?

Alle Menschen freuen sich auf den Urlaub, aber danach sollte man sich wieder auf Zuhause freuen. Wenn das nicht so ist, dann stimmt etwas mit dem Zuhause nicht. Der Urlaub war schön und alles andere als langweilig, aber nun freute ich mich auf mein Bremdorf. Als das Flugzeug deutschen Boden berührte, fühlte ich mich erleichtert, und als ich in meiner schäbigen Rostkarre saß, war ich sehr glücklich.

Auf nach Bremdorf! Dort habe ich ein kleines Häuschen gekauft, meine Ex hat mich ausbezahlt und so konnte ich mir das leisten. Sie wohnt nun mit ihrem Lover in unserem Ex-Haus zusammen mit dem Schwiegervater.

Aber das ist alles Schnee von gestern. Wichtig ist mir, dass unsere Kinder nicht mit in meinem Haus wohnen, denn das gibt dann oft Streit. Jung und Alt haben andere Vorstellungen vom Leben. Und außerdem sieht die Wohnung unseres Sohnes nach wie vor immer so aus, als ob gerade jemand eine Handgranate gezündet hat. Sein Motto ist: Wenn die Ratten nicht beim Wegrennen im Dreck steckenbleiben, ist es noch nicht schmutzig. Seine Jeans steht gewöhnlich noch halb an der Stelle, wo er sie ausgezogen hat. Aber soll sich doch meine Ex mit ihm rumärgern, ich bin ganz froh, dass er bei ihr wohnt. Unsere Tochter ist nach Vacha gezogen, so hat sie nur einen kurzen Weg in ihr SM-Studio. Außerdem wollte sie etwas

Abstand zu ihren Eltern halten. Das finde ich gut so, unsere Kinder sind nicht aus der Welt, aber weit genug weg, damit es keinen Streit gibt!

Mein Freund Marco wartete schon auf mich. Ich hatte ihn sofort nach der Landung angerufen und er legte sofort nach meiner Ankunft ein paar Bratwürste und Rostbrätel auf den Grill. Und dann wird ein Bier gezündet. Wir haben uns doch auch Einiges zu erzählen, jedoch das Geheimnis des Feuerwehrmannes werde ich nicht ausplaudern.

So kam es dann auch. Ich wurde freundlich von Marco empfangen. Er ist ja nun auch geschieden und glücklicher Single. So wartete niemand auf mich oder ihn und wir hatten Zeit, miteinander zu klönen und uns zu verzaubern.

Am nächsten Morgen, es war ein Sonntag, hatte ich mir einen Kaffee gemacht und genoss die heimischen Brötchen und ein Ei von den glücklichen Hühnern meines Nachbars. Sie gackern ziemlich fröhlich und wissen nichts von den Grünen, Roten oder der Politik. Was grün ist, fressen sie auf und freuen sich darüber. Außerdem lesen sie keine

Apothekenzeitung und wissen demzufolge nichts über Krankheiten, die sie eventuell haben könnten. Auch den Gaspreis oder die Kriege auf der Welt sehen sie ziemlich unbekümmert. Und wenn es eine Art kriegerische Auseinandersetzung gibt, dann ist hier der Hahn verantwortlich. Er muss die Hühnchen verteidigen. Außerdem wissen sie nichts über ihren bevorstehenden Tod, denn eigentlich werden sie aus menschlicher Sicht nicht besonders alt. Trotzdem will ich kein Huhn sein und auch kein Hahn, obwohl der ja der Chef auf dem Hühnerhof ist und eine Menge Frauen hat.

Frau, das war das Stichwort! Soll ich mir nun wieder eine passende Frau suchen oder lieber alleine bleiben? Meine Scheidung war ja nun schon fast 2 Wochen her! Ich musste lachen, weil ich vom Thema Frühstücksei über das Thema Hühner auf meine Scheidung gekommen bin. Aber egal, die Zeit wird zeigen, wie es mit meinem Beziehungsleben weitergeht. Nichts überstürzen. Das Ei war nun aufgegessen und ich freute mich über den sonnigen Morgen und war froh, wieder zuhause zu sein. Selbst auf meine Schüler freute ich mich, denn morgen sind die Ferien zu

Ende. Gemütlich schwelgend sah ich die Zeitungen durch. Marco hatte sie während meiner Abwesenheit aus dem Briefkasten genommen und fein säuberlich nach Tagen geordnet auf den Küchentisch gelegt. Die Zeitung vom Vortag, also Samstag, lag obenauf und auf der Titelseite stand: „Kopf eines Mannes in der Nähe von München durch Spaziergänger im Wald entdeckt." Weiterhin schrieb man in dem Artikel, dass die Identität des Opfers noch geklärt werden muss.

Sofort war mir klar: Das war der Mann der Freundin vom Feuerwehrmann aus der Tiefkühltruhe. Und nun? Was mache ich jetzt? Als anständiger Bürger wäre ich sicher verpflichtet, meine Kenntnisse der Polizei zu melden, aber dann hätte ich ja auch den Feuerwehrmann verraten. Außerdem wusste ich ja nicht einmal seinen Namen.

Ich nahm mein Handy und wählte seine abgespeicherte Nummer. Allerdings kam die Ansage: „Kein Anschluss unter dieser Nummer."

Wir hatten zwar mal an der Bar unsere Nummern ausgetauscht, allerdings hatten wir keine Kontrollanrufe getätigt. Nun ärgerte ich mich über meine Unzulänglichkeit, mein Handy ist leider nicht mein bester Freund.

Aber es ist vorbei, ich könnte ja nicht mal im Telefonbuch nach ihm suchen. Ich kenne weder seinen Namen noch seine Adresse. Mir ist lediglich bekannt, dass er Feuerwehrmann ist.

Da kam mir die zündende Idee! Ich habe doch einen Laptop! Also auf! Google weiß fast alles! Und so rief ich Seiten über die Berufsfeuerwehr München auf. Allerdings stand da, dass die Feuerwehr München aus etwa 1800 Feuerwehrbeamten besteht.

Prima! München ist wohl doch leicht größer als mein geliebtes Bremdorf! Hier hätte ich nur in die Kneipe gehen und den Wirt befragen müssen. Dann hätte ich sofort alles über die Einwohner erfahren. Aber auch das bleibt natürlich für München Utopie. Ich überlegte den ganzen Tag, wie ich dem Feuerwehrmann helfen könnte, und dann kam mir folgender Einfall. Sicher werden die Medien weiter über den Fall berichten und wenn es dann um die Mörder geht, werde ich mich bei der Polizei als Zeuge melden. Der Feuerwehrmann hat mir ja Einiges gebeichtet. Vielleicht ist das ja hilfreich.

Da klingelte mein Telefon und als ich abnahm, meldete sich Elias! Er berichtete, dass er gestern Abend gut gelandet sei und nun wieder der Alltag beginnen würde. Dann fragte er mich über den Feuerwehrmann aus. Er wollte seinen richtigen Namen oder die Telefonnummer wissen. Ich teilte ihm meine Unkenntnis mit, aber an seinem Interesse merkte ich, dass er wohl auch mehr über ihn weiß. Und so fragte ich ihn, ob er denn etwas über die Freundin des Feuerwehrmannes weiß. Erst blieb mir Elias eine Antwort schuldig, aber dann bejahte er meine Frage und so bohrte ich weiter: *„Weißt du auch etwas über die Tiefkühltruhe seiner Freundin?"*

Elias stockte wieder kurz, aber dann sprach er: *„Ja! Du weißt das wohl auch? Die tragische Geschichte über ihren Mann?"*

Nachdem ich es bejahte, wurde uns klar, dass der Feuerwehrmann uns beiden dieselbe Geschichte erzählt hatte, natürlich ganz im Vertrauen und mit der Versicherung, dass wir es keinem anderen Menschen weitersagen sollen. Ich teilte Elias noch meine nicht vorhandenen Forschungsergebnisse über die Identität des Feuerwehrmannes mit und wir beschlossen beide, dass wir erst einmal abwarten und im Falle einer Anklage gegen den Feuerwehrmann aussagen werden. Wir werden das sicher aus der Presse oder dem Internet erfahren.

Im Laufe des Tages kamen mir jedoch Zweifel an der Unschuld des Feuerwehrmannes. Vielleicht hatte er sich ja diese Geschichte nur ausgedacht, damit wir seine und die Unschuld seiner Freundin bezeugen. Wenn er seine Version vielen Leuten erzählt hat, wird sich sicher im Falle des Falles Jemand finden, der für ihn aussagt.

Aber egal, heute habe ich noch anderes zu tun! Ich muss ja noch die Wäsche waschen und die Bude aufräumen, falls meine Kinder kommen. Es soll ja nicht aussehen wie nach einem Bombeneinschlag! Trotz meiner Beschäftigung mit der Wäsche und dem Schmutz in meiner Bude ging mir der Feuerwehrmann mit seiner beseitigten Leiche nicht aus dem Kopf. Ich wünsche ihm weiterhin die Freiheit, auch wenn der umgekommene Gatte seiner Freundin wohl die schlechteste Rolle in diesem Spiel hatte!

Besuch

Ich hatte wohl den richtigen Riecher, meine Kinder Sara und Günther riefen mich gegen Mittag kurz nacheinander an und teilten mir mit, dass sie am Abend zu mir kommen wollen. Ich freute mich darüber, sie scheinen mich ja trotz Scheidung noch zu mögen, das ist ja leider nicht selbstverständlich! Kinder erwarten während ihrer Entwicklung von ihren Eltern Toleranz und Großzügigkeit, jedoch, wenn mal die Eltern nicht mehr die Standardrolle im Leben spielen, die Eltern im Regelfall haben, drehen manche Kinder am Rad. Das geht von der Bevormundung der Eltern über den Abbruch der Beziehung zu den Eltern bis zur Denunzierung. Das braucht niemand.

Da fiel mir ein: Ich habe da ein Problem! Wenn die Kinder kommen, muss ich ja was auf den Tisch stellen. Kinder haben immer Hunger, auch wenn sie erwachsen sind. Und wenn sie dann zu mir kommen, werden sie in meinen Kühlschrank schauen und Hunger haben. Zum Besuch der Eltern schauen Kinder ja meistens in den Kühlschrank, auch wenn sie 40 Jahre alt sein werden. Vielleicht ist das ja ein bedingter Reflex, Mutter oder Vater sehen, Hunger bekommen oder einfach nur mal die Kühlschranktüre aufreißen und hineinglotzen. Und dann muss ich mir einen Vortrag über gesunde Ernährung anhören und über das, was für meinen Körper ungesund ist. Die eine Knackwurst, die nun einsam neben der Butter im Kühlschrank liegt, ist das gefundene Fressen für Sara, um mich zu belehren!

Und nun? Eine Tiefkühltruhe habe ich noch nicht, sie steht bei meiner Ex im Haus, und da soll sie auch bleiben. Das Kapitel ist abgeschlossen. Und unser Fetti, der örtliche Fleischer, hat Sonntags geschlossen. Gott sei Dank hat er nur diesen Spitznamen. Das hat nichts mit der Qualität seines Fleisches oder der Wurst zu tun. Er hat diesen Namen von seinem Opa geerbt, der ziemlich fett war. Das Erben von Spitznamen von den Großeltern oder Eltern ist in unserem Dorf üblich, auch wenn der jetzige Fetti rappeldürr ist, den Namen hat er weg.

Da kann mir nur Marco helfen! Mein bester Freund wird das machen und er hat immer was auf Lager! Also rief ich Marco an und schilderte ihm meine temporäre Armut.

Marco freute sich darüber, dass er mir einen Gefallen tun könnte, und eine Viertelstunde später stand er schon vor der Türe. Er hatte Bratwürste und Rostbrätel aus seiner Tiefkühltruhe mitgebracht und dazu noch ein paar Joghurt, und fettarmen Käse, den wir vorübergehend im Kühlschrank platzierten, damit Grundsatzdiskussionen mit Sara bezüglich meiner Ernährung nicht aufkommen. Was man nicht alles für die Kinder macht! Ich lud Marco gleich zu dem Familientreffen heute Abend ein, denn er gehört ja auch zur Familie.

Am Abend war es dann soweit, Marco stand am Grill, ich hatte Küchendienst und mein Sohn Günther war überpünktlich. Aus seiner Karriere als Profifußballer ist nichts geworden, auch wenn er als Jugendlicher verschiedenste Proteinshakes zu sich genommen hat, hart trainiert hat und auf Alkohol verzichtet hat. Jetzt ist er wieder normal, isst ungesundes Essen, trinkt Alkohol und schaut nur noch Fußball im Fernseher. Er sagte zu mir, dass es ihm auf dem Sportplatz zu blöd war. Man wurde von den Fans der gegnerischen Mannschaft beschimpft und zuweilen wurden auch Schläge angedroht. Die am Spielfeldrand standen, wussten alles besser als die Spieler und sie riefen ihnen während des Spiels „gute" Ratschläge zu. Nachdem er seine Karriere an den Nagel gehangen hatte, wollte er in die Politik einsteigen. Jedoch erkannte er rechtzeitig, dass es da genauso ist. Die Zuschauer, die am Spielfeldrand stehen, wissen auch alles besser als die Spieler. Die „guten" politischen Gespräche in der Kneipe und die Besserwisserei der Gäste unseres Dorfwirtes haben ihn dazu gebracht, dass er von einer Karriere als Politiker abgelassen hat. Dann hat er eine Lehre als Kaufmann gemacht und arbeitet inzwischen in einer Industriefirma. Die Kollegen sind in Ordnung und das Arbeitsklima stimmt. Außerdem wird er gut bezahlt und ist zufrieden. Eine feste Freundin hat er nicht, er genießt einfach das Leben.

Wir unterhielten uns über seinen Job. Ich erzählte von meinem Urlaub, von dem Einbruch im Hotel, Susis Verhaftung und Elias Fahrt mit dem Einbrecher nach seinem mutigen Sprung in sein Bett, was leider nicht an dieser

Stelle stand. Er fand das alles ziemlich krass und lustig und war froh, dass ich mich amüsiert habe, auch wenn ich nun Single bin.

Aber einen Blick in den Kühlschrank hat er doch riskiert, jedoch festgestellt, dass da nichts Vernünftiges drin ist, und er freute sich auf die Bratwurst und das Bier.

Kaum hatte er die Küche verlassen, um Marco beim Braten zu helfen, tauchte Sara auf. Wie zu erwarten hielt sie mir einen Vortrag über die Gesundheitsschädlichkeit von Bratwurst und überhaupt von Fleisch, Wurst und allen Dingen, die ich gerne esse. Es gäbe nur eine Lösung! Veganes Essen wäre der Heilsbringer und das Ende aller Probleme! Ich habe gelernt, ihr nicht zu widersprechen, so hält sie mich zwar für schwach, aber das halte ich aus. Umso eher hört sie mit ihren Belehrungen auf. Um abzulenken, fragte ich sie danach, wie ihr Geschäft läuft. Sie sagte, das läuft super, macht Riesenspaß und ist sehr einträglich. Na, das ist doch mal eine Ansage. Und ich freute mich für sie!

Beim Abendessen verkniff sie sich weitere Belehrungen. Marco war ja auch da und mit ihm war sie schon öfter mal angeeckt. Ich freute mich darüber, dass das Kriegsbeil nicht ausgegraben wurde und der Abend friedlich verlief.

Gegen 21 Uhr verließen uns Sara und Günther, und ehrlich gesagt, ich war deshalb nicht böse. Selbstverständlich will ich, dass es meinen Kindern gut geht und sie glücklich sind. Aber zu viel Nähe ist auch nicht gut. Ich bin froh, dass sie nicht bei mir wohnen. So kann ich mein eigenes Leben leben. Jung und Alt gehören wahrscheinlich nicht zusammen, da gibt es immer wieder Konflikte.

Marco und ich klönten noch eine Weile. Heute erzählte ich ihm auch das Geheimnis des Feuerwehrmannes, da er es auch Elias erzählt hatte. Es war ja nun kein Geheimnis mehr. Und außerdem hatte er niemanden umgebracht, jedenfalls hoffte ich das!

Der grausige Fund

Nun ist Montag. Der Tag, den man ungern auf dem Kalender sieht, der erste Arbeitstag der Woche fällt mehr oder weniger schwer. Insbesondere nach dem Urlaub oder nach den Ferien kann man gut und gerne auf diesen Tag verzichten. Allerdings war dieser Tag für mich ein guter Tag. Meine Schüler waren besonders nett und freundlich. Außerdem hatten sie das Gelernte von vor den Ferien noch ganz gut drauf, was nicht selbstverständlich ist. Gewöhnlich ist dann der Hauptspeicher, zumindest teilweise, gelöscht. Aber nicht nur die Schüler waren nett zu mir. Ich traf unseren Direx, Herrn Stahl, auf dem Flur. Eigentlich müsste er ja Tyrannosaurus Rex heißen, also einer, der einen auffrisst und außerdem ein Tyrann ist. Jedoch war er heute wie umgewandelt, fast schon devot. Scheinbar hatte ihn meine Tochter zu seiner vollsten Zufriedenheit gequält. Er fragte mich nach meinem Befinden und eröffnete mir, dass für meinen Klassenraum ein interaktives Whiteboard, also eine elektronische Tafel, genehmigt wurde und die Installation in den nächsten zwei Wochen durchgeführt wird! Danke, Sara! Quäle ihn weiter!

Nach der Arbeit surfte ich im Internet und war erstaunt! Mit der Überschrift *„Ein grausiger Fund"* hatte man laut eines Artikels nun auch den Körper des Mannes aus der Tiefkühltruhe gefunden.

Außerdem war auch seine Frau unter dringendem Tatverdacht verhaftet worden. Also stand nun die Freundin vom Feuerwehrmann im Blickpunkt. Von dem Feuerwehrmann stand nichts in dem Artikel. Aber es stand erklärend auch dabei, dass bei 16,5% der Beziehungsdaten das Opfer im selben Haushalt mit dem Täter gewohnt hat. Gut, dass ich geschieden bin! Meine Ex hatte auch Ambitionen zu Gewalttätigkeit und Affekthandlungen. Nicht gut!

Sofort rief ich Elias an, ich wollte ihm den neuesten Stand der Dinge berichten. Aber Elli wusste schon Bescheid. Er erzählte mir, dass der Feuerwehrmann auch Susi von seiner Beziehung und dem Mann aus der Tiefkühltruhe erzählt hatte. Wieder einmal waren wir uns nicht mehr sicher, ob er das gemacht hat, um Zeugen zu haben, die im Falle des Falles für ihn aussagen. Vielleicht hat er das ja auch in seinem näheren persönlichen Umfeld so erzählt! Ich rief Susi an, wir hielten einen netten Plausch und sie berichtete mir, dass der Feuerwehrmann ihr die Geschichte im Vertrauen erzählt hatte. Auch sie bat er, diese für sich zu behalten. Leider sind aber viele Menschen so, dass sie besonders das ausplaudern, was man ihnen im Vertrauen gesagt hat.

Das war bei der Namensgebung unserer Tochter auch so. Meine Ex hatte den geplanten Namen unserer Tochter während ihrer Schwangerschaft ihrer besten Freundin im Vertrauen gesagt. Der Hinweis, dass sie das nicht weitererzählen sollte, führte dazu, dass bald das ganze Dorf den Namen wusste!

Vielleicht hat ja der Feuerwehrmann diese Eigenschaft der Menschen für seine Zwecke genutzt?

Wir werden sehen! Morgen kann man vielleicht schon wieder weitere Details der Aufklärung im Internet lesen.

Notwehr oder Mord?

Und tatsächlich, am Nachmittag des Folgetages, nach meiner Arbeitszeit, surfte ich wieder im Internet. Und da las ich, dass inzwischen auch der Freund der Frau des Tiefkühltruhenmannes verhaftet wurde. Er steht im dringenden Tatverdacht, dass er die Frau bei der Tat unterstützt hat. Klar war für mich: Das war der Feuerwehrmann!

Wieder rief ich Elias an und wir beratschlagten, was wir nun tun sollten. Ursprünglich waren wir ja auf der Seite des Feuerwehrmannes. Aber inzwischen waren wir uns nicht mehr sicher. Vielleicht hatte er uns belogen, um sich und seine Freundin reinzuwaschen. Komisch war nur, dass er uns nie seinen wahren Namen verraten hatte. Das hätte es für ihn sicher vereinfacht, wenn er erwartet hätte, dass wir für ihn aussagen. Nach dem Gespräch rief ich Susi an. Auch sie zweifelte inzwischen an der Ehrlichkeit des Feuerwehrmannes.

Nach einer telefonischen Dreierkonferenz von Susi, Elias und mir beschlossen wir, trotz aller Zweifel, dass ich in München bei der Polizei anrufen soll, um ihnen meine Geschichte des Feuerwehrmannes zu erzählen. Vielleicht hatte er ja die Wahrheit gesagt und wir wollten ihm ja aus der Patsche helfen.

Die große Frage ist nur, wo ich in München bei der Polizei anrufen sollte. Sicher ist die Wahl des Notrufes in solchen Fällen nicht die richtige Nummer. Also suchte ich im Internet nach der Telefonnummer der Polizei München. Ich fand da 47 Polizeiinspektionen. Wo sollte ich denn nun anrufen? Jedoch gab es nur ein Polizeipräsidium, das auch rund um die Uhr erreichbar ist. Allerdings stand da auch, dass die Polizeibehörde der Landeshauptstadt von Bayern rund 7000 Mitarbeiterinnen und Mitarbeiter hat. Ob sie über die Zuständigkeiten Bescheid wissen? Egal, ich werde es versuchen!

Als ich dort anrief, war ich mit der Zentrale verbunden. Ich sagte, dass ich bezüglich des Falles der im Wald aufgefundenen Leiche mit dem abgetrennten Kopf eine Aussage machen möchte. Die Polizeidame sagte mir, dass telefonische Aussagen nicht möglich sind, aber sie verband mich trotzdem mit einem

Mitarbeiter des dafür zuständigen Kommissariats.

Das Telefon klingelte einmal, zweimal, vielleicht auch achtmal. Ich wollte schon aufgeben, da meldete sich eine Frau Kommissarin. Ich erzählte ihr über den gemeinsamen Urlaub und mein Wissen über den Feuerwehrmann. Sie wusste das sofort zuzuordnen und entgegnete, dass meine Aussage nicht mehr notwendig sei. Der Fall sei so gut wie aufgeklärt. Trotzdem befragte Sie mich nach meinem Namen und meiner Anschrift. Außerdem fragte sie mich, ob sie im Falle des Falles auf meine Bereitschaft zur Aussage zurückkommen könnte. Allerdings gab sie mir keine Auskunft über den Täter, also ob es tatsächlich Notwehr oder kaltblütiger Mord war. Auch den Namen und die Telefonnummer des Feuerwehrmannes wollte sie nicht herausrücken, sie berief sich auf den Datenschutz. Jedoch versprach sie mir dem Feuerwehrmann meine Telefonnummer mitzuteilen. Ob er sich aber bei mir melden würde, könne sie natürlich nicht beeinflussen. Selbstverständlich habe ich das verstanden, das war okay von der Frau Kommissarin.

Nun war ich auf neue Meldungen bezüglich des Falles gespannt. Ich konnte aber resümieren, dass die Frau sehr nett war. Allerdings bedeutet es ja nicht, dass der Fall so gut wie aufgeklärt sei, dass der Feuerwehrmann entlastet war. Ich hatte aber versucht meinen Teil zur Aufklärung beizutragen, mehr konnte ich im Moment nicht für den Feuerwehrmann tun.

Ich rief noch Elias und Susi an und teilte ihnen den Stand der Dinge mit. Wir waren alle auf den Ausgang des Falles gespannt.

Letztlich blieb mir nur abzuwarten, was die Medien weiter berichten oder ob sich der Feuerwehrmann doch noch bei mir meldet.

Am nächsten Tag war ich ziemlich aufgeregt. Wie wird sich wohl dieser Mordfall weiterentwickeln? Oder war es Notwehr?

Der Feuerwehrmann war mir irgendwie ans Herz gewachsen. Die Kommissarin hatte gesagt, dass der Fall so gut wie aufgeklärt sei. Aber das bedeutet ja nicht, dass die Geschichte, die der Feuerwehrmann erzählt hatte, wahr sein musste. Ich kochte mir Kaffee und schmierte mir ein Marmeladenbrot, aber so richtig schmeckte es mir nicht. Die Ursache war nicht nur meine Aufregung, sondern ich dachte nun darüber nach, dass ich ja nun Single bin und gewöhnlich immer alleine meine Mahlzeiten einnehmen werde. Morgens, mittags und abends, an Wochentagen und auch am Wochenende, außer wenn ich mal Besuch haben werde. Außerdem werde ich auch niemanden mehr haben, mit dem ich das Tagesgeschehen auswerten oder eine Zukunftsplanung machen kann. Hatte ich nun Sehnsucht nach meiner Ex? Die ersten verliebten Jahre waren ja schön, allerdings in den letzten Jahren war es eine Belastung. Wahrscheinlich passten wir nicht zueinander. Trotzdem wollte ich es wieder mit einer Frau versuchen. Aber mit welcher Frau? Die meisten interessanten Frauen sind in einer Beziehung. Die Töpfchen haben ihren Deckel gefunden. Bleibt also nur eine gebrauchte Frau. Ich bin ja auch gebraucht, aber wie auf dem Gebrauchtwagenmarkt wird sich doch für mich auch etwas finden? In meinem Bremdorf vielleicht? Nein, da war keine interessante Frau frei. Ich möchte ja auch kein devotes Dummchen. Sie sollte mir schon ab und zu mal eins auf die Mütze hauen! Vielleicht in meiner Schule? Oje, Lehrer und Lehrerinnen sind oft schwierig, sie haben ja auch im Klassenraum immer recht! Das prägt! Und ich? Bin ich schwierig? Bin ich rechthaberisch? Nein, ich denke nicht, ich habe mich ja letztlich sehr oft meiner Ex untergeordnet. Vielleicht sogar zu oft? Wenn man zu lieb ist und alles für seinen Partner oder seine Partnerin macht ist man langweilig! Vielleicht werde ich auch eine Singlebörse im Internet besuchen, der Feuerwehrmann hatte ja dort Glück!

Während ich sinnierte, lief mir die Zeit davon, also nun hopp, hopp. Ich fuhr rasant mit meiner geliebten alten Karre zur Schule und machte meine Arbeit.

Nach dem Frontalunterricht bekamen die Schüler von mir Aufgaben zur selbständigen Erarbeitung. Der Unterricht soll ja abwechslungsreich gestaltet werden. Als sie so dasaßen, schaute ich mir die Mädchen und Jungen an. Neben den von der Natur von Geburt an gestraften Jugendlichen, weil sie als nicht so schönes Kind zur Welt kamen, waren auch einige sehr hübsche und pfiffige Teenies. Vielleicht ist ja die eine oder andere Mutter geschieden oder schon immer alleinerziehend? Ob ich mal eine Elternversammlung mache?

Ich konnte mich nicht weiter in meinen Träumen von meinem zweiten Glück verlieren. Die Realität holte mich auf den Boden zurück. Es gab wieder mal Streit zwischen zwei Kampfhähnen. Gott sei Dank nur verbal, aber ich konnte das schnell schlichten.

Meine Unterrichtsstunden waren blitzschnell vergangen und ich sauste nach Hause. Ich hoffte, dass ich wieder etwas über den Mordfall erfahren würde.

In der Zeitung stand erneut etwas darüber, allerdings nur eine Notiz. Also warf ich meinen Laptop an und befragte das Internet.

Tatsächlich fand ich dort Neuigkeiten, die ich niemals erwartet hatte.

Unter der Überschrift: „Spionage des Ehemannes löst den Mordfall" stand das Unerwartete. Der Tote in der Tiefkühltruhe hatte seine Frau mit mehreren Kameras in der Wohnung überwacht. Diese schalteten sich bei Bewegung ein und nahmen auf. Die Videosequenzen wurden in einer Cloud gespeichert und der Ehemann hat sich die Aufnahmen vermutlich immer mal angeschaut. Allerdings kam er bei der letzten Videoaufnahme nicht mehr dazu. Die polizeiliche Auswertung der Aufnahmen ergab aber, dass die Ehefrau tatsächlich in Notwehr gehandelt hatte. Die Kamera hatte das ganze Geschehen aufgezeichnet. Dass sie dann den Kopf abtrennte, war zwar keine Notwehr, aber laut Internet war es eine Affekthandlung. Die Frau war zu dem Zeitpunkt nicht mehr Herrin ihrer Sinne. Der Liebhaber der Frau war lediglich an der Beseitigung der Leiche beteiligt. Somit hatten sich meine schlimmsten Befürchtungen nicht bestätigt und ich freute mich für den Feuerwehrmann. Die Zeitung nahm zwar nicht das Urteil des Gerichts vorweg, aber es sah erst einmal gut für ihn aus. Ob er sich wohl tatsächlich noch bei mir meldet?

Sofort rief ich Susi und danach Elias an und berichtete ihnen von meinen neuen Erkenntnissen. Auch sie waren erleichtert, dass der Feuerwehrmann nun entlastet war.

Nach dem Gespräch mit Susi fiel mir auf, dass sie eine sehr angenehme Stimme hat. Warum habe ich das nicht schon im Urlaub gemerkt? Vielleicht habe ich Zeit gebraucht, um zu begreifen, dass ich nun Single bin! Vielleicht treffen wir Urlaubsbekannten uns mal tatsächlich? Vielleicht kann ich mich ja in sie verlieben? Es bleibt spannend! Das Leben ist spannend!

Hochzeit

Der Feuerwehrmann rief mich tatsächlich an, zwar war es rund einen Monat nachdem der Zeitungsbericht erschienen war, aber immerhin. Er erzählte mir das, was ich schon wusste. Der Mann seiner Freundin hat durch seine Spionagekamera bewiesen, dass seine Frau in Notwehr gehandelt hatte. Somit war sie wieder auf freiem Fuß und sie waren beide zuversichtlich, dass es vor Gericht keine schlimmen Überraschungen geben würde. Auch ihr Anwalt war derselben Meinung.

Nun sagte er mir auch seinen Namen, seine Adresse und seine Telefonnummer. Seine Freundin wäre nun wie neu geboren, weil sie vom Joch ihres Mannes befreit sei.

Wir vereinbarten, dass wir vier Urlauber, Susi, Elias, er und ich uns bald mal treffen werden.

Aus dem Treffen in Kürze wurde allerdings nichts, aber der Zufall sollte wieder einmal mein Leben ändern.

Marco kam einige Zeit später zu mir und erzählte mir, dass seine Schwester heiratet! Wir tranken natürlich erst einmal ein paar Bierchen auf seine Schwester. Und dann kam Marco auf die Idee, mich einzuladen. Er war ja inzwischen wie ich Single, und da wäre ja noch ein Platz neben ihm auf der Hochzeitsfeier frei. Und außerdem möchten seine Schwester und der zukünftige Schwager möglichst viele Gäste auf der Feier haben, damit sie die Leute beeindrucken konnten.

Seit meiner Scheidung war ich kaum unter Leute gegangen und deshalb willigte ich gerne ein. Außerdem lockte mich Marco mit einer Frau. Eine Freundin, die sehr gut aussieht, wäre auch auf der Feier, und vielleicht wäre das etwas für mich! Sie hört auf den Namen Sandra und ist in meinem Alter, Marco machte sie mir schmackhaft. Natürlich hatte ich nichts Besseres vor, den einsamen Fernsehtot bin ich oft genug gestorben, seit ich wieder alleine war. Und Pokemons fangen oder im Internet surfen ist auf Dauer auch langweilig. Außerdem bin ich ein soziales Wesen, ich brauche Jemanden zum Kuscheln, Anlehnen und Quatschen. Deshalb hatte ich „Ja" gesagt, auch in der Hoffnung, wieder eine Frau zu finden.

Schon 3 Wochen später war es endlich soweit. Die große Party sollte starten. Aber so hatte ich mir diese Hochzeitsfeier nicht vorgestellt.

Das Paar war schon über 10 Jahre zusammen und hatte sich allerdings nur aus finanziellen Gründen entschieden, zu heiraten. Bei der Hochzeit ließen sie keine Möglichkeit aus, sich und ihren Reichtum und Erfolg zu präsentieren, obwohl das letztlich in einem totalen Fiasko endete. Das Ganze lief unter dem Motto: „Mein Hof, mein Pferd, meine glückliche Familie, bewundere mich!"

Allerdings war das Bewundern eigentlich schwierig. Die Braut war in ihrer unendlichen Gier nach jugendlichem Aussehen abgemagert wie eine afrikanische Ziege aus der Wüste. Dementsprechend sah auch ihre Haut aus.

Sie war höhensonnengebräunt mit den typischen Folgen. Ihr Gesicht ähnelte eher dem Gesicht eines Boxerhundes mit Lederhaut und zahlreichen Falten als einer Frau in den 40gern. Am liebsten hätte ich ihr ein Brot geschmiert, als ich sie das erste Mal gesehen habe, oder ich hätte ihr wenigstens 50 Cent in die Hand gedrückt, damit sie sich ein Brötchen beim Bäcker kaufen kann. Das hätte allerdings nicht viel genützt, sie war ja der Meinung, dass sie noch ewig jugendlich schön ist und sich als dürre Ziege von den Kühen mit den großen Brüsten abhebt. Dass die Männer aber in der Regel lieber was Ordentliches in der Hand halten, ist ihr verborgen geblieben. Da saß sie nun, diese Hochzeitsziege mit den bunten Haaren, in der Mitte der U-förmigen Tafel.

Ihr knallenger Jeansanzug mit den Löchern im Stoff konnte ihr leider auch ihre Jugendlichkeit nicht zurückbringen. Meine Eltern hätten mir früher eine Ohrfeige geknallt, wenn ich so rumgelaufen wäre. Nun, die Zeiten ändern sich, vielleicht bin ich auch intolerant?

Und neben ihr, der erfolgreiche, …oder erfolgreich tuende Unternehmer, der wohl einer Zwergenfamilie entstammen musste. Sein weißer Anzug war wohl einzig dazu gekauft worden, damit er repräsentieren konnte. Vermutlich war dieser Anzug auch, wie alles auf dieser Feier, ziemlich teuer gewesen. Aber trotzdem sah er aus wie ein Zwerg, der morgens aus seinem Erdloch kriecht, um dann die Menschen durch seinen Anblick zu erschrecken, also ein hässlicher, von Haarausfall befallener, pickeliger Zwerg, der seine verbliebenen fettigen Haare von der Seite auf die Mitte des Kopfes gekämmt hatte, um volles Haar vorzutäuschen. Seine Goldkettchen an Hals und Hand und die mit Goldringen verunzierten Ohrläppchen sollten sicher auch repräsentieren, aber bewirkten eher das Gegenteil, jedenfalls empfand ich das so. Wie war ich nur hierher geraten? Es war einfach Zufall und dass daraus auch für mich verrückte Verwicklungen entstehen würden, ich dachte, dass es so etwas nur im Film gibt.

Aber alles war so real, obwohl ich es immer noch nicht glauben kann. Die ganze bucklige Verwandtschaft von Marcos Schwester und Schwager war eingeladen und ihren gegenseitigen Hass konnte man an ihren Blicken sehen. Komisch, mein Freund Marco verhielt sich mir gegenüber total anders als zu seiner Verwandtschaft. Ich kannte ihn bisher als hilfsbereiten Freund, der immer für mich da war, wenn ich ihn brauchte. Jedoch während der Feier war er genauso fies und schadenfroh wie der Rest der Partygäste, nur zu mir war er lieb.

Aber, ich möchte von vorne beginnen: Also, Marco, der Bruder von Mary, die eigentlich Marianne heißt, wollte mir was Gutes tun, als er mich fragte, ob ich mit zur Hochzeit seiner Schwester mitkommen möchte.

Mit Marco hatte ich mich um 18 Uhr vor dem Hotel verabredet, in dem die große Party steigen sollte. Er war schon einige Tage in Dresden und wir hatten einen Treffpunkt vereinbart. Ich kam überpünktlich und wartete nun auf ihn auf einer Bank am Parkplatz des Hotels. Seine Schwester Mary und Fred hatten schon auf Bali geheiratet. Heute sollte nur die Feier stattfinden. Ich saß auf der Bank und konnte die ankommenden Gäste beobachten. Es kamen etliche Gäste in großen und hochmotorisierten Autos. Wie meistens üblich, fuhren die Männer die Wagen, die Frauen waren Beifahrerinnen und auf den Rücksitzen saßen manchmal Kinder. Als ich so dasaß, versuchte ich, die ankommenden Gäste im Schubladendenken einzuordnen. Gebildet oder ungebildet, erfolgreich oder eher erfolglos, glücklich oder untervögelt? Ich kannte keinen der Gäste und ich hatte das Gefühl, dass sich die Gäste untereinander auch nicht so kannten, denn kaum ein Gast begrüßte die Gäste aus den jeweils anderen Autos. Das war eigentlich kein Wunder, denn, soweit mir bekannt, hatten Mary und ihr Zwergenmann kaum Freunde. Und mit ihren paar Verwandten waren sie zerstritten. Mary hatte eher Arbeitskolleginnen und Kollegen eingeladen. Sie arbeitet im Krankenhaus als Psychologin und vermutlich waren ihre Gäste Mitarbeiter der Klinik.

Ich hatte Mary und ihren Fred einige Male bei Marco zuhause getroffen, aber schon diese kurzen Momente reichten mir. Sie schien mir ziemlich arrogant, sprach außerordentlich exakt und hochtrabend Deutsch. Offenbar wollte sie ihre Bildung durch die Verwendung von zahlreichen Fremdwörtern unterstreichen. Sie war ganz anders als Marco.

Ihren Mann Fred, den Zwerg, hatte ich als einen überaus höflichen, redegewandten Typen kennen- gelernt. So konnte er als Verkäufer von Potenzmitteln vermutlich viele Kunden gewinnen, oder auch nicht? Mir war der Unterschied zwischen „Schein" und „Sein" ziemlich klar. Seine Redeweise war eher volksnah und passte überhaupt nicht zu dem

Stil seiner Frau Mary. Vielleicht war das auch der Grund, weshalb sie so lange zusammen waren, ehe sie geheiratet haben. Eigentlich sind sie total unterschiedlich. Er, der Dummschwätzer, der mit allen gut sein möchte, sie könnten ja auch irgendwann seine Kunden werden, passte überhaupt nicht zu seiner intelligent tuenden Frau. Die Gäste, die ich seiner Seite zuordnete, kamen mir teilweise als zweifelhafte Gestalten vor. Später sollte sich herausstellen, dass ich mit meiner Vermutung nicht daneben lag.

Endlich kam Marco angefahren, er quetschte seinen tiefer gelegten Audi zwischen zwei größere Wagen, obwohl kaum noch Platz dazwischen war. Nachdem er sich aus der Tür gequält hatte, kam er zu mir und begrüßte mich: *„Hey Alter, wartest Du schon lange?"*

Ich antwortete: *„Nein, nein, höchstens eine Viertelstunde, war kein Problem! Reicht ein Hunderter zur Hochzeit?"*

Marco schaute mich verwundert an!

„100 € für meine Schwester und ihren Chaoten? Hast Du eine Meise? Das ist viel zu viel! Du kommst doch alleine! Nimm einen Fuffi raus, den können wir später mal versaufen!"

„Du liebst aber deine Schwester sehr!", antwortete ich.

„Nein, ich nehme nichts raus, das ist mir jetzt zu blöd, außerdem habe ich den Briefumschlag mit dem Geld schon zugeklebt."

Wir gingen gemeinsam über eine breite Treppe in das feudale Hotel. Hinter der Glastür reihten wir uns in die Schlange der Gäste ein, die von Mary und Fred begrüßt werden wollten. Die Begrüßung verlief immer nach demselben Prinzip: Mary sagte zu allen Gästen phrasenhaft immer dasselbe: *„Schön, dass ihr gekommen seid! Wir haben uns doch schon so lange nicht mehr gesehen!"*

Die Antworten waren in der Regel genauso abgedroschen und schleimig. Zum Beispiel sagte eine Frau: *„Oh Mary, wir freuen uns so, dass du uns eingeladen hast, gell' Kurt, sag doch auch was!"*

Kurt schwieg, obwohl er von seiner Gattin einen Stoß in die Seite bekam. Dann übergaben die Gäste die Briefumschläge mit ihren Geldgeschenken. Fred klopfte den Gästen stetig auf die Schultern und drückte die Frauen gegen sein pickeliges Gesicht. *„Gut, dass ich keine Frau bin!"*, dachte ich. Hinter dem Begrüßungskomitee stand eine Serviererin mit einem Tablett Sekt und jeder konnte sich etwas herunternehmen. Bevor wir an der Reihe waren, passierte Fred ein Lapsus. Er trat nach einer Frauendrückaktion rasant zurück und warf durch eine ungelenke Bewegung alle Sektgläser des Tabletts um. Da er erheblich kleiner als die Serviererin war, ergoss sich nun der Inhalt einiger Gläser über ihn. Bei diesem Anblick war ich nicht der Einzige, der sich ein Lachen verkneifen musste. Mary schrie die Serviererin hysterisch an:

„Passen sie doch auf, das muss doch nicht sein!"

Diese wurde kreidebleich und stammelte: *„Entschuldigung, aber ihr Mann, ihr Mann hat das Tablett umgestoßen!"*

Fred entschuldigte sich bei Mary und der Bedienung: *„Ich wars, war wohl zu schnell, sind wohl die männlichen Hormone! Ist kein Problem!"*

Die Serviererin begann sofort damit, Fred mit Servietten abzutupfen. Mary schrie Fred an:

„Kein Problem? Kein Problem! Schau dich mal an, weißt du wie du aussiehst! Wie ein Schwein! Du musst dich sofort umziehen!"

Marco ergänzte mit Blick auf Fred die Worte von Mary und flüsterte mir ins Ohr: *„Und voll gekleckert hast du dich auch!"*

Fred antwortete Mary gelassen: *„Gut, dass du mir das so liebevoll gesagt hast!"* Und zu den wartenden Gästen gewandt: *„Ich muss mich erst einmal umziehen!"*

Unsere Begrüßung verlief nun durch Mary genauso schematisch und herzlos wie die der anderen Gäste. Aber meinen Briefumschlag riss sie mir förmlich aus der Hand und steckte ihn sofort zu den anderen Geldbriefen in einen Stoffbeutel. Sucht euch einen freien Platz, rief sie uns noch hinterher. Und das machten wir. Die Feier fand in einem fürstlichen Saal mit riesigen Kronleuchtern statt und wir suchten Sandra, die Schöne, mit der mich Marco verkuppeln wollte. Endlich hatten wir sie gefunden, sie saß schon an einem Tisch gegenüber einem älteren Herrn mit Hut. Marco fragte Sandra: *„Ist hier noch was frei?"* Jedoch bevor sie antworten konnte, antwortete der ältere Herr mit lauter, sonorer Stimme: *„Das seht ihr doch! Setzt euch einfach hin!"*

Ich stammelte, wohl etwas verlegen *„danke"*, und setzte mich schräg dem älteren Herrn gegenüber. Marco nahm zwischen mir und Sandra Platz.

Ehe ich richtig saß, sagte der ältere Herr zu mir:

„Wie heißt Du?"

Ich antwortete brav: *„Otto…….Otto Loos!"*

Der ältere Herr sagte: *„Sehr gut! Otto hieß auch mein Hund, der ist leider schon lange tot, aber du lebst ja noch! Du kannst ruhig Opa zu mir sagen!"*

Marco und ich schauten uns gegenseitig fragend an und er flüsterte mir ins Ohr: *„Ich kenne den Alten nicht, muss wohl einer von Freds Seite sein!"*

Der Alte hatte scheinbar ein gutes Hörgerät und antwortete sehr laut: *„Genau richtig! Wir kennen uns aus dem Krieg!"*

Marco und ich schauten uns wieder fragend an, der Alte konnte zwar noch die Wirren des Zweiten Weltkriegs erlebt haben, aber seit 1945 sind rund 80 Jahre vergangen, also konnte Fred nicht den Zweiten Weltkrieg erlebt haben. Der Alte sah unsere zweifelnden Gesichter und fragte*: „Da staunt ihr, was? Kennt ihr München?"*

Wir bejahten beide und da fuhr der Alte fort*:*

„Napoleon hat auf seinem Rückzug nach der Völkerschlacht bei Leipzig in München Quartier bezogen, und da habe ich mit ihm zusammen Karten gespielt und gesoffen!"

Ich musste lächeln und fragte den Alten:

„Mit Napoleon gesoffen? Wie alt waren sie da?" Marco trat mir leicht unter dem Tisch auf den Fuß, was bedeutete, ich solle mich mit Fragen zurückhalten. Trotzdem konnte ich es mir nicht verkneifen und fragte ihn: *„Wann sind sie denn geboren?"*

Er holte tief Luft und dann legte er los: *"Meine Geburt ist eigentlich Zufall, mein Vater war Kapitän und doch wieder nicht!"*

Es wurde immer interessanter! *"Kapitän, und doch wieder nicht? Was bedeutet das?"*

Der Alte fuhr fort: *"Meine Mutter ist mit einem Dampfer nach Amerika gereist. Damals dauerte die Überfahrt mehrere Wochen, und da hat sie den Kapitän des Schiffes kennengelernt, der eigentlich nicht der Kapitän war!"*

Nun fragte Marco: *"Hieß das Schiff vielleicht Titanic?"*

Der Alte verzog keine Miene und antwortete:

"Ja, vielleicht war es die Titanic, aber das ist wirklich nicht wichtig! Jedenfalls machte sich der Kapitän an meine Mutter `ran, aber meine Mutter blieb standhaft und sagte, als er sie bedrängte: "Wir kennen uns doch gar nicht, erst müssen wir uns kennenlernen!" Der Kapitän fragte: "Und wenn das Schiff untergeht?" Meine Mutter muss wohl geantwortet haben: "Warum sollte es untergehen?" Der Kapitän fuhr fort: "Das kann passieren, jede Reise birgt ein gewisses Risiko! Dann haben wir unsere Chance verpasst! Und das wäre sehr traurig!" Meine Mutter antwortete: "Unter diesen Umständen?"

Marco und ich schauten uns lächelnd an und ich sagte zu dem Alten:

„Dann war es wohl doch die Titanic und ihre Mutter hat überlebt!"

Der Alte lächelte auch und fuhr fort:

„Ja, sie hat überlebt! Am nächsten Abend trank der Kapitän Wein mit meiner Mutter und sie waren im Tanzsaal. Und dann war Alarm auf dem Schiff. Alle Passagiere wurden aufgefordert, die Schwimm-westen anzulegen. Der Kapitän verschwand erst auf die Brücke, um nach dem Rechten zu sehen. Aber dann kam er in die Kajüte meiner Mutter und versicherte ihr, dass er sie unendlich lieben würde, aber es keine Garantie gäbe, dass sie den Untergang des Schiffes überleben würden, die Lage wäre sehr ernst. Meine Mutter fragte, wieviel Zeit sie noch hätten, und der Kapitän antwortete: Vier, vielleicht auch fünf Stunden, das Leck wäre ziemlich groß. Jedenfalls schlug er ihr vor, noch die Flasche Wein auszutrinken, die er mitgebracht hatte, man wusste ja nicht was kommen würde. Anschließend würden sie in ein extra bereitgestelltes Rettungsboot gehen und so wären sie in Sicherheit! Meine Mutter willigte ein, einerseits war sie verzweifelt, andererseits wollte sie sich betäuben. Außerdem wollte sie sich nicht die Gunst des Kapitäns

verscherzen. *Der Alkohol machte das Übrige, und da sie sehr verliebt war, hat er sie rumgekriegt.*

Marco fragte:

„Aber das Schiff ist nicht untergegangen?"

Alle am Tisch hielten den Atem wegen dieser Geschichte an und Sandra hauchte: *„Wie romantisch!"* Der Alte brauste auf: *„Nein, nicht romantisch, denn nachdem er seinen Willen bekommen hatte, stellte sich heraus, dass es nur ein Probelalarm war. Der Kapitän verschwand auf Nimmerwiedersehen und das Schiff setzte seine Fahrt fort."*

Sandra war von der Geschichte gefesselt und fragte: *„Hat ihre Mutter nicht versucht, noch einmal Kontakt mit dem Kapitän aufzunehmen? Solch ein Dampferkapitän war doch eine hohe Persönlichkeit!"*

Der Alte seufzte: *„Doch hat sie, aber.....Scheiße war's.....der Kapitän war nicht wirklich der Kapitän des Schiffes, und seinen Namen gab es nicht mal auf der Passagierliste!"*

„Oje, also alles gelogen?" Sandra zog die Stirn in Falten!

„Ja, das war ein Aufschneider, er hat meiner Mutter geschmeichelt, sich ihr unter falschem Namen vorgestellt und sie von vorne bis hinten belogen!"

Marco platzte heraus: „Alle Männer sind Schweine!"

Alle am Tisch nickten. Nur Sandra wollte den Alten trösten: „Aber so sind sie entstanden! Wenn er nicht ihre Mutter belogen hätte, dann wären sie wohl nicht auf der Welt!"

Der Alte nickte mit einer Träne im Auge und antwortete: „Wie wahr, wie wahr, sonst würde es mich nicht geben!"

Ich wollte ihn nun auch trösten: „Dann ist ja die Geschichte doch noch gut ausgegangen!"

Er wischte sich die Träne aus dem Auge und sagte: „Wenn man das so sieht, dann hast du natürlich recht!"

Nach kurzem Räuspern fing er wieder an: „Habe ich euch schon erzählt, wie ich mit Napoleon gesoffen habe? Napoleon hat viel vertragen und dann die Weiber, die französischen Weiber, ich könnte euch Geschichten erzählen!"

Jetzt war alles klar, Marco und ich nickten uns wieder gegenseitig lächelnd zu, der Alte war wohl nicht mehr ganz richtig. Marco schüttelte leicht den

Kopf und das war das Signal für mich: *„Nicht mehr weiterfragen, lass den Alten in Ruhe!"*

Wir ignorierten seine Versuche, uns etwas über sein Leben zu erzählen, und endlich schwieg er. Dafür konnte ich mit Sandra einen Smalltalk führen, aber sie war sehr kühl und schien nicht sonderlich an einem Gespräch mit mir interessiert. Marco saß zwischen uns und bekam alles mit. Wir schauten uns fragend an, aber es war klar: Das war keine Liebe auf den ersten Blick. Es wird wohl nichts mit dem Verkuppeln. Stattdessen war sie mit ihrem Handy beschäftigt und hatte keine Zeit zum Reden.

Inzwischen begann die grausame Show des Hochzeitspaares. Sie hielten gemeinsam eine kurze Rede und schmeichelten sich gegenseitig. Nach dieser Schmierenkomödie schaltete Fred einen Beamer an und auf einer großen Leinwand wurden die Erfolge und der Reichtum der beiden präsentiert. Ein Urlaubsbild löste das Andere ab.

Marco sagte zu mir: *„Hoffentlich gibt es bald was zu essen, ich habe einen Mordsknast. Aber wahrscheinlich müssen wir erst durch das Tal der Tränen gehen, bevor es was zu kauen gibt!"*

Er hatte leider recht, erst eine knappe Stunde und einige Gespräche später wurde endlich das Essen aufgetragen. Es gab ein einheitliches Menü für alle. Die Vorspeise Garnelen in Cocktailsauce fand ich vorzüglich, allerdings merkte ich an den Mienen einiger Gäste, dass das nicht jedermanns Geschmack war. Ähnlich ging es mit dem Essen weiter. Einige Gäste ließen tatsächlich vom Essen ab, offensichtlich hatte sich Mary und Fred darauf verlassen, dass alle ihr hochpreisiges Menü mochten. Mir und Marco schmeckte es jedoch gut und wir genossen es.

Inzwischen war das große Fressen vorbei und Marco und ich hatten uns dem Nachtisch gewidmet. Wir saßen an der Bar und tranken uns den Abend schön.

Unerwartet kam eine sehr hübsche Frau an die Bar und fragte mich, ob der Platz neben mir noch frei sei. Sehr gerne bejahte ich ihre Anfrage und nachdem wir miteinander angestoßen hatten, unterhielten wir uns. Sie war eine Nichte des Alten, der mit uns am Tisch saß, und ihr Name war Anna. Sie war auch aus München. Diese Frau war sehr hübsch und ihre Sätze zeugten von Intelligenz. Irgendwie mochte ich diese Frau vom ersten Augenblick an. Sie war stolze Besitzerin eines Bekleidungsgeschäftes, und als sie mir etwas über sich und aus ihrem Leben erzählte, lief mir mit einem Mal kalter Schweiß über den Rücken und ich fragte sie:

„Kennst du vielleicht einen Feuerwehrmann, der kürzlich auf den Kanaren Urlaub gemacht hat!"

Sie schaute mich fragend an: *„Woher weißt du das? Ja, das ist so, er hat mir ausführlich von diesem*

Urlaub erzählt! Du..... du bist doch nicht etwa der Otto aus der Rhön, der aus Versehen seine Schwiegermutter umgebracht hat."

Ich schaute zu Marco, wir hatten zwar prinzipiell keine Geheimnisse voreinander, jedoch hatte ich ihm das nie erzählt. Ich wusste, wenn das einer aus unserem Ort weiß, dann weiß es bald das ganze Dorf, und das könnte gefährlich für mich werden. Marco ist zwar vertrauenswürdig und Kumpel, aber man weiß ja nie! Marco war aber in ein anderes Gespräch vertieft, er hatte Annas Worte nicht mitbekommen.

Ich schaute Anna an und hielt den Zeigefinger vor meinen Mund. Sie verstand, und nach einer Pause fragte ich sie: *„Magst du mit mir an die frische Luft gehen?"*

Sie war einverstanden und nachdem ich sie draußen unter vier Augen fragte: *„Und du bist die Loreley, die ihren Mann in Notwehr getötet hat?"*

Lächelte sie mich an und flüsterte mir zu: *„Ja, der Zufall hat mich erlöst, ich bin das Monster los!"*

Mich interessierte nun natürlich Folgendes*: „Und was ist mit deinem Freund, dem Feuerwehrmann?"*

Nachdem sie mir erzählte, dass das Liebesverhältnis beendet sei und sie nur noch Freunde wären, schauten wir uns kurz in die Augen und dann küssten wir uns sehr intensiv. Schlagartig fühlte ich, wie tausend Blitze meinen Körper durchzuckten und die Hormone ein Freudenfest feierten.

Ist das Liebe? Ich denke, ja! Hurra, das ist Liebe!

So nahm auch diese Geschichte ein glückliches Ende, mal sehen wie sich das Ganze entwickelt. Ich war sehr zuversichtlich!

Empfehlung:

Wenn Sie Spaß beim Lesen dieses Romans hatten, empfehle ich Ihnen meinen Roman „Wie ich aus Versehen meine Schwiegermutter umgebracht habe."

Nachwort:

Die Meinungen der Personen in diesem Buch spiegeln nicht unbedingt die Meinung des Autors wider. Die Geschichte ist frei erfunden.